Le domaine de l'amour

Barbara Cartland est une romancière anglaise dont la réputation n'est plus à faire.

Ses romans variés et passionnants mêlent avec bonheur aventures et amour.

Vous retrouverez tous les titres disponibles dans le catalogue que vous remettra gratuitement votre libraire.

Barbara Cartland

Le domaine de l'amour

Traduit de l'anglais
par Isabelle Tolila

Éditions J'ai lu

Titre original :

THE PROTECTION OF LOVE

NOTE DE L'AUTEUR

La Troisième Section des services secrets russes fut créée par le Tsar Nicolas Ier, qui régna de 1825 à 1855.

En 1849, l'arrestation d'un employé du ministère des Affaires étrangères et de dix-neuf de ses amis avec lesquels il se réunissait les vendredis soir fit sensation.

Ils furent accusés de « discussions subversives » sur des sujets allant du servage à l'abolition de l'Eglise, de l'Etat et de la propriété privée.

Après un temps d'emprisonnement dans la forteresse de Saint-Pétersbourg, ces hommes furent tous condamnés à mort, l'exécution devant avoir lieu en public.

Mais juste avant qu'ils ne passent devant le peloton d'exécution, une grâce commua la peine capitale en peines d'emprisonnement.

Finalement, ils furent tous condamnés aux travaux forcés en Sibérie.

Sous le règne d'Alexandre III, la Troisième Section devint encore plus puissante et nul n'était à l'abri de ses ingérences.

Les courtisans proches du tsar avaient désormais peur de parler librement.

Les opposants russes vivaient dans la terreur, même à l'intérieur de leur propre maison.

1

1887

Meta Lindley rentrait lentement de sa promenade à cheval. Pourquoi se presser de retrouver une maison où il n'y avait personne à qui parler, excepté les serviteurs ? Il y avait peu de temps de cela, sa vieille nounou était encore là, mais elle avait dû hélas partir au chevet de son fils malade.

La situation était bien différente du vivant de sa mère, songea-t-elle avec un soupir de nostalgie. A cette époque, le manoir était toujours rempli d'amis. Lady Lindley avait incontestablement été l'une des femmes les plus populaires de la région.

Mais, voilà deux ans de cela, le malheur avait commencé à frapper. Il s'était d'abord abattu sur le père de Meta, sir Philip Lindley, qui avait fait une très mauvaise chute à la chasse. Les docteurs avaient été impuissants à le guérir, et il avait finalement succombé à ses blessures.

Il avait laissé une épouse et des enfants éplorés. Ceux-ci avaient fait de leur mieux pour soutenir leur mère et lady Lindley, très entourée, était rarement abandonnée à son chagrin.

Mais elle n'arrivait pas à se consoler d'avoir

perdu son mari qu'elle adorait. Alors l'hiver précédent, qui avait été particulièrement rude, une pneumonie l'avait finalement emportée.

Meta avait encore du mal à admettre la disparition subite de leur mère. Et, qui plus est, ce terrible événement était advenu durant une période où son frère Richard séjournait la plupart du temps à Londres pour ses obligations.

Elle se retrouvait donc seule, dans ce manoir vide et silencieux qui, à une période bénie, avait abrité tant de bonheur et tant de rires.

Comme elle était en deuil, les visiteurs habituels ne se montraient pas. En partie par respect, mais aussi par une sorte de peur superstitieuse de la contagion du malheur.

Meta comprenait parfaitement. Mais elle n'avait personne à qui parler, avec qui rire ou se divertir comme par le passé. Il ne lui restait plus que les chevaux.

Heureusement, avant de mourir, sir Philip en avait acheté quelques-uns de superbes, en prévision de la saison de chasse qu'il ne connut jamais, hélas.

C'était Meta qui les montait maintenant. Elle doutait de trouver le courage d'aller chasser seule, l'hiver venu. En outre, la plupart des gens trouveraient incorrect qu'une aussi jeune fille ne soit pas chaperonnée, même sur un terrain de chasse. Mais elle espérait, contre tout espoir, que Richard serait d'ici là plus présent qu'il ne l'était actuellement.

Elle remonta l'allée conduisant à la magnifique demeure de style élisabéthain. La maison était particulièrement belle en cette saison, entourée de son écrin de fleurs et des grands arbres dont le feuillage vert pâle portait les bourgeons du printemps.

Si sa mère avait été en vie, elles seraient allées à Londres, comme prévu. Meta aurait fait son entrée dans l'un des salons du palais de Buckingham, et elle aurait présenté ses hommages à la reine Victoria, si l'état de celle-ci l'avait permis, sinon à la ravissante princesse Alexandra.

Tout cela était à présent impossible jusqu'à l'année suivante. Et Meta ne pouvait pas s'empêcher de penser qu'elle serait alors trop âgée. Elle avait connu tant d'épreuves qu'elle était plus mûre que les filles de son âge. Elle était aussi beaucoup mieux éduquée.

Sir Philip, qui s'était consacré très jeune à la diplomatie, avait tenu à ce que ses enfants, Meta et Richard, apprennent plusieurs langues étrangères.

— Plus tard, quand vous voyagerez, vous comprendrez que rien n'est plus embarrassant que de ne pas parler la langue du pays que l'on visite, disait-il.

Etant lui-même très cultivé en la matière, il avait pris l'habitude de s'adresser à ses enfants dans diverses langues dès leur plus tendre enfance. D'abord pour les amuser, et par la suite parce qu'il estimait cet apprentissage nécessaire à une bonne éducation.

Bien sûr, Meta et Richard eurent aussi des professeurs. Sir Philip veillait toujours à leur trouver des enseignants maîtrisant parfaitement au moins une langue étrangère.

— Pas question d'employer quelqu'un se prétendant bilingue quand il sait tout juste dire « Bonjour » et « Au revoir », disait-il encore.

Ces derniers mois, dans sa profonde solitude,

Meta s'était souvent demandé si tous ces efforts n'avaient pas été une perte de temps. Son père lui avait promis de l'emmener à l'étranger dès qu'elle aurait terminé ses études. Mais il avait eu cet horrible accident qui l'avait emporté.

Pour Meta, il avait ensuite été hors de question de laisser sa mère seule au manoir. Et puis, après la mort de sa mère, c'était sa vieille nounou qui était partie...

Totalement déprimée, la jeune fille avait alors envoyé une lettre assez pathétique à son frère, le suppliant de venir, ne serait-ce que quelques jours, pour parler un peu.

« *Si je reste isolée plus longtemps, je vais me mettre à parler seule et on me prendra pour une folle !* » lui écrivit-elle.

Elle espérait qu'il ne trouverait pas sa requête déraisonnable. Peut-être même saurait-il lui conseiller quoi faire pour sortir de cette terrible monotonie.

« Si j'étais peintre ou pianiste, je pourrais peut-être trouver du travail », se disait-elle.

L'idée était révolutionnaire. Mais tout valait mieux que ces journées se succédant sans fin, pareilles les unes aux autres. Elle avait beau ne manquer de rien, la vie lui paraissait vide et terne.

Elle tourna à gauche, en direction des écuries. De beaux bâtiments, construits sous la supervision de son père, plus spacieux que nécessaires pour le moment. Mais à quoi bon d'autres chevaux, quand Meta était la seule à les monter ? Au moins, cette activité la tenait-elle occupée une bonne partie de la journée.

Le palefrenier, qui travaillait à leur service depuis maintes années et commençait à avoir les tempes grisonnantes, sortit de l'écurie quand elle arriva.

— La promenade a été agréable, mademoiselle Meta ?

— Très agréable, merci, Abbey. Samson saute bien, mais il lui faudrait une poigne masculine.

— J'suis d'accord avec vous, Mademoiselle. C'est bien vrai qu'il est temps que Monsieur Richard rentre.

Meta hocha la tête en soupirant. Elle mit pied à terre, flatta Samson et déclara :

— Il vaudrait mieux que l'un des garçons le monte demain. J'entraînerai Firefly sur ce parcours.

Abbey acquiesça tout en rentrant Samson.

Meta se dirigea vers la maison. « Quel terrible calme ! » songea-t-elle en ouvrant la porte. Autrefois, dès son entrée, elle entendait la voix de sa mère demander :

— C'est toi, chérie ?

A peine avait-elle répondu que sa mère se précipitait du salon pour l'embrasser...

« Comment as-tu pu mourir et me laisser seule ? » demanda-t-elle silencieusement.

La jeune fille s'était mille fois posé cette question. Mais il n'y avait pas de réponse.

Elle monta dans sa chambre et troqua sa tenue d'équitation contre une jolie robe. Etant seule, elle se permettait de ne pas porter ses vêtements de deuil qu'elle détestait.

Son père l'aurait d'ailleurs approuvée.

— Je ne crois pas en la mort, disait-il. J'ai voyagé à travers le monde et les trois quarts de la population mondiale croient en une renaissance, ou, si tu préfères, en la réincarnation. Je suis sûr que là est la vérité.

Il parlait souvent de ce sujet à Meta. Il lui citait comme exemple le cas de Mozart. Comment un enfant pouvait-il si parfaitement jouer la musique dès l'âge de quatre ans ? Selon lui, ce mystère ne s'expliquait que d'une seule manière : Mozart avait appris son art dans une autre vie.

Sir Philip avait souvent voyagé en Orient, d'où il avait ramené de nombreuses histoires passionnantes. Il racontait que certaines personnes étaient revenues sur des lieux où elles avaient vécu et se rappelaient très clairement ce qu'elles avaient fait dans leurs vies antérieures.

Ces théories fascinaient Meta. Mais hélas, elle n'avait à présent plus personne avec qui en discuter. La bibliothèque regorgeait d'ouvrages sur ce sujet, mais rien ne pouvait remplacer les échanges d'idées qu'elle avait autrefois avec son père.

Une fois habillée, elle attacha machinalement ses cheveux. De toute façon, personne ne verrait si elle était bien coiffée ou non...

A peine pensait-elle cela qu'elle crut entendre un bruit de roues sur le gravier de l'allée. Regardant par la fenêtre, elle vit qu'en effet un attelage arrivait à bonne allure. Qui cela pouvait-il être ?

Quand les chevaux entrèrent dans la cour, elle poussa un cri de joie. C'était Richard ! Richard qui revenait alors qu'elle ne l'attendait plus.

Elle se précipita dans l'escalier. Quand il descendit de voiture, elle était déjà devant la porte, les bras grands ouverts.

— Richard ! Quel bonheur de te voir ! Je ne savais pas que tu avais prévu de venir.

Son frère, un grand et beau jeune homme, l'embrassa.

— J'ai reçu ta lettre. Et comme c'était un véritable appel au secours, me voilà.

Elle rit en se rappelant lui avoir écrit qu'elle craignait de devenir folle dans cette solitude. Glissant son bras sous le sien, elle dit gaiement :

— C'est si merveilleux que tu sois de retour.

— Je n'ai pas pu te prévenir, s'excusa-t-il alors qu'ils traversaient le hall. Je n'ai su qu'hier soir que je pouvais me libérer.

— Mais tu es là, et c'est tout ce qui compte.

Ils allèrent dans le salon.

— Je vais prévenir Mme Bell pour le déjeuner, dit Meta. Tu la connais, elle voudra mitonner un petit plat rien que pour toi.

Cela avait toujours été un sujet de plaisanterie dans la famille. Mme Bell, qui avait la charge de la cuisine depuis de nombreuses années, réservait systématiquement les bons morceaux pour Richard. Elle lui préparait même des plats spéciaux pour lui faire plaisir.

— Je dirai à M. Bell de mettre une bouteille de champagne dans la glace, ajouta Meta. Je suis sûre que tu ne refuseras pas une coupe de champagne bien frais, après un si long voyage.

Son frère avait dû partir très tôt pour arriver à la mi-journée, pensa-t-elle en allant à la cuisine, très émue qu'il se soit donné tant de mal pour elle.

Mme Bell entra en action dès qu'elle apprit l'arrivée de Richard. Quant à son mari, il se précipita à la cave pour chercher une bouteille de champagne.

Quand Meta regagna le salon, son frère regardait le jardin par la fenêtre.

— Je ne l'ai jamais vu aussi fleurit, dit-il quand Meta le rejoignit. Maman serait fière que ces plantes auxquelles elle tenait tant aient si bien pris.

— C'est vrai. Elle... me manque tellement.

— Je le sais. C'est pourquoi je suis venu. Je ne veux plus te laisser seule ici.

Meta le regarda avec surprise.

— Que veux-tu dire?

— C'est une longue histoire. Je voudrais d'abord me rafraîchir et déjeuner. Ensuite, nous aurons une discussion sérieuse toi et moi.

Meta ne le lâchait pas des yeux, de plus en plus perplexe. Mais, avant qu'elle ait pu poser d'autres questions, il avait quitté la pièce.

Une certaine anxiété la gagna alors qu'elle attendait son retour. Peut-être avait-elle trop parlé. Peut-être n'aurait-elle pas dû se plaindre de son sort... Qu'avait-il imaginé pour la soulager de sa solitude? Allait-il lui imposer un choix de vie qu'elle ne souhaitait pas?

Mais, après réflexion, elle se dit qu'elle n'avait sûrement rien à redouter. Richard faisait sans doute mystère de peu de chose.

Il revint au moment où M. Bell apportait le champagne dans un seau à glace.

— Content d'vous revoir, Monsieur Richard, dit ce dernier. M'am Bell et moi on se demandait tous les jours quand c'est qu'on vous reverrait.

— Eh bien, me voilà! répondit Richard. Et, comme vous avez pu le remarquer à mes bagages, je reste pour la nuit.

— J'espère ben plus longtemps qu'ça, rétorqua Bell.

Richard éclata de rire et prit la coupe qu'il lui tendait. Après avoir servi Meta, M. Bell les laissa.

— Tu ne restes qu'une nuit? demanda Meta. Je trouve que c'est trop peu.

— Moi aussi. Mais j'ai des obligations à Londres. Tu veux que nous allions nous promener à cheval, cet après-midi ?

— Volontiers. J'ai monté Samson ce matin. C'est dommage. Comme je le disais à Abbey, il a besoin d'une poigne d'homme. Mais White Knight t'attend, et je sais que c'est ton préféré.

Richard ne répondit pas, mais il était sans nul doute satisfait.

Le déjeuner fut servi dans la très jolie salle à manger. Comme par magie, Mme Bell présenta des plats qu'elle n'avait pas cuisinés depuis la dernière visite de Richard.

— Je n'ai pas mangé de soufflé aussi délicieux depuis longtemps, plaisanta Meta. Quand j'étais petite, le régime de faveur dont tu bénéficiais me rendait jalouse. Cela m'a appris que les hommes ont plus d'importance que les femmes dans ce bas monde.

— Je suis absolument d'accord avec toi ! dit Richard en riant.

Il prit deux fois du soufflé, puis demanda à M. Bell de servir le café au salon. Meta en fut légèrement surprise, puis elle se souvint qu'il souhaitait lui parler seul à seule. Chose impossible dans la salle à manger, où les serviteurs allaient et venaient pour débarrasser.

M. Bell posa le café sur la table basse. Il y avait aussi un brandy pour Richard. Quand ils furent seuls, Meta s'empressa de demander :

— Maintenant, dis-moi vite de quoi il s'agit, parce que je meurs de curiosité.

— Pardonne-moi de t'avoir fait patienter, mais c'est une longue histoire, et je ne voulais pas être interrompu en plein milieu.

— Je t'écoute, le pressa Meta.

Richard avala une gorgée de brandy, puis déclara :

— Je ne sais pas dans quelle mesure, depuis la mort de père, tu t'es intéressée aux événements en Europe.

— J'essaye de me tenir au courant. Mais, comme tu le sais, père savait des choses qui n'étaient pas dans les journaux et ses récits sont irremplaçables. Il rendait tout si passionnant...

— C'est vrai, admit Richard. Et je sais qu'il se serait senti concerné par ce qui s'est passé dans les Balkans.

Meta haussa un sourcil, mais ne dit rien, attendant que Richard poursuive.

— Père nous avait avertis que le tsar Alexandre III était un homme très dangereux.

— Je m'en souviens, murmura Meta.

— Il disait toujours que le tsar fulminait parce que la Russie avait échoué à dominer les Balkans et à prendre le contrôle des détroits.

— Pourquoi est-ce si important ?

— Cela lui aurait ouvert l'accès à la Méditerranée.

— Mais il ne poursuit sûrement plus ce but ?

— Je suis certain du contraire, même si son comportement en Bulgarie l'année dernière a beaucoup choqué les autres pays européens.

Il y eut un silence, puis Meta dit :

— Papa n'était plus là, et j'étais si préoccupée par maman... Je ne suis pas sûre de savoir ce qui s'est passé.

— Je m'en doutais un peu. Je vais essayer de résumer le comportement odieux du tsar envers son cousin germain, le prince Alexandre de Battenberg.

— Cela me dit vaguement quelque chose.

— Le tsar n'arrivait pas à contrôler la Bulgarie comme il l'entendait, parce que son cousin ne se pliait pas à la lettre à ses exigences. En fait, il ne souhaitait aucunement être un pantin entre les mains des Russes.

— Cela peut se comprendre.

Elle se rappelait maintenant que, d'après les dires de son père, le tsar était un tyran.

— Le tsar pestait contre le prince Alexandre, mais la reine Victoria l'avait toujours porté dans son estime, poursuivit Richard.

— Que se passa-t-il ? demanda Meta.

— L'an dernier, les agents du tsar ont provoqué une mutinerie dans l'armée bulgare. Ils ont kidnappé le prince Alexandre et l'ont forcé à abdiquer sous la menace d'une arme. Il a été évacué par bateau et emprisonné dans le port russe de Reni.

— Quelle horreur !

— Cela a fait scandale dans toute l'Europe. La reine Victoria, furieuse, a déclaré que l'attitude du tsar n'avait pas d'équivalent dans le monde moderne.

— Sans aucun doute.

— Tu as manqué tout cela parce que maman était malade et qu'ensuite elle est morte. Mais la protestation massive des pays d'Europe a forcé le tsar à rapatrier le prince Alexandre en Autriche.

— Pourquoi pas en Bulgarie ?

— Le prince était si déçu de la trahison de son armée qu'il a abdiqué.

— Oh non ! Le tsar a donc gagné ?

— Il le pensait, mais il est en train de se rendre compte que le nouveau princc régnant est un patriote loyal et qu'il est aussi hostile à la Russie que le prince Alexandre.

— C'est au moins une consolation.

— Je le pense aussi. Je m'accorde avec Sa Majesté la reine pour trouver toute cette affaire sordide.

Il s'arrêta un moment, puis expliqua :

— D'un autre côté, tout ceci n'est que du passé maintenant, et les armées du tsar gagnent lentement mais sûrement du terrain en Orient.

Meta le regarda, consternée.

— Ne peut-on rien y faire ?

— Des mesures ont enfin été prises, depuis que le marquis de Salisbury est devenu Premier ministre, répondit Richard. Les défenses en Orient ont été resserrées et les mouvements des Russes sont soigneusement surveillés.

Sa façon de parler montrait à Meta à quel point le sujet était grave. Mais dans le même temps, elle se demandait en quoi tout cela la concernait.

Encore un silence, puis son frère poursuivit :

— Tu ne sais pas, je crois, que j'ai effectué quelques voyages au cours desquels j'étais chargé de surveiller le comportement du secrétaire d'Etat à la guerre.

Meta se mit à rire.

— Bien sûr que oui. Je sais depuis longtemps que tu effectues des missions secrètes, comme père quand il était diplomate.

Son frère la regarda avec étonnement.

— Tu savais !

— Maman et moi plaisantions souvent à ce sujet, mais comme tu semblais tenir au secret, nous n'avons pas voulu gâcher ton plaisir.

Richard eut l'air un peu honteux.

— J'imagine que j'aurais dû vous faire confiance. Mais tu sais sûrement qu'une seule indiscrétion peut signifier un arrêt de mort.

— Père le disait, et je comprenais, bien sûr. Mais je veux que tu me fasses confiance.

— C'est le cas, et inutile de te dire que cette discussion doit rester absolument confidentielle.

Meta lui sourit.

— Je promets de ne rien répéter, mais pour l'instant mes seuls confidents sont les chevaux, et ils sont d'une discrétion à toute épreuve.

Richard éclata de rire. Puis il reprit plus gravement :

— Pour tout te dire, Meta, je suis venu demander ton aide.

— En quoi ?

— J'ai besoin de ta collaboration.

— Tu peux m'en dire plus ?

Il chercha longuement ses mots avant de se lancer :

— La reine est convaincue que les Russes envoient des espions sur notre territoire, tout comme ils ont infiltré leurs agents dans tous les pays d'Europe.

— De quelle façon ? demanda Meta.

Richard fit un vague geste de la main.

— Des soi-disant vendeurs d'icônes seraient en fait chargés de créer des cellules subversives. Le Premier ministre sait pertinemment que les ambassades russes paient des agitateurs dans les pays étrangers pour fomenter des émeutes. Ils ont même essayé de construire une forteresse en Turquie, en prétendant qu'il s'agissait d'une église.

— Que font-ils ici ?

— Nous ne le savons pas, évidemment. Le Premier ministre, sous l'autorité de Sa Majesté, maintient une stricte surveillance.

Il y eut un nouveau silence, jusqu'à ce que Meta demande enfin :

— Mais en quoi cela peut-il me concerner ?

— J'allais y venir. Bien sûr, si tu ne souhaites pas le faire, je comprendrai.

— De quoi s'agit-il ?

— Sa Majesté a été informée de l'arrivée récente en Angleterre d'un prince russe accompagné de sa sœur. Il n'est pas de grande importance en Russie, mais sa mère était anglaise — la fille du duc de Cambria.

Meta écoutait attentivement. Son frère poursuivit :

— Le prince a pris une maison dans Londres et il en cherche une à la campagne, dans une région où il pourrait chasser.

Les yeux de Meta s'arrondirent. Elle commençait à comprendre où il voulait en venir.

— Suivant la suggestion du marquis de Salisbury, j'ai offert au prince de lui louer notre maison et j'ai aussi promis de trouver une préceptrice pour sa sœur.

Meta en resta bouche bée.

— Tu veux dire que... cette préceptrice, ce serait moi ?

— Je savais que tu comprendrais vite. La princesse Natalia a dix-sept ans et, bien qu'elle ait quelques notions d'anglais et parle le français couramment, comme la plupart des Russes, son anglais n'est pas très bon. C'est la reine qui a eu l'idée qu'on lui trouve une préceptrice.

Meta était sur le point de parler, mais son frère continua :

— Par la même occasion, cette préceptrice rapporterait tous les faits lui paraissant bizarres et qui pourraient prouver, comme Sa Majesté le suspecte, que le prince Alexis est un espion.

Meta ne put retenir un cri de stupeur.

— Tu penses que c'est un espion... et tu me demandes de cohabiter avec lui ?

— Ce ne sera pas à toi de cohabiter avec eux, mais à eux de cohabiter avec toi.

— Je ne comprends pas.

— Si nous leur louons la maison et les serviteurs, il faudra que tu adoptes un comportement différent, parce que tu seras la préceptrice de la princesse. Tu devras en quelque sorte t'effacer.

— Crois-tu que ce soit possible ?

— Seulement si tu joues ton rôle de façon convaincante. Le prince doit te prendre pour une jeune fille de la campagne, du même âge que sa sœur, qui aura les mêmes centres d'intérêt et lui apprendra notre langue.

Meta garda le silence. Au bout d'un moment, Richard reprit :

— Bien sûr, il ne doit pas se douter une seconde que tu parles le russe. Tu es la personne toute désignée pour ce travail. Nous aurions d'incroyables difficultés à trouver quelqu'un d'autre, si tu refusais.

Il sourit avant d'ajouter :

— Le Premier ministre m'a dit : « Sa Majesté attend toujours des miracles et si vous arrivez à résoudre ce problème, Lindley, c'est que vous êtes un magicien. »

Meta ne put s'empêcher de rire.

— Et tu lui as dit que tu en étais un.

— Je lui ai dit que j'avais une sœur très cultivée et très intelligente qui parlait russe et de nombreuses autres langues, et qui pourrait se faire passer pour une charmante idiote, dont les préoccupations se limiteraient à sa garde-robe et au prochain bal où elle comptait briller.

— C'est insultant ! s'écria Meta.

— Je le sais. Mais c'est ainsi que tu dois apparaître. N'oublie pas que les Russes sont très rusés et rompus à l'espionnage. C'est une pratique complètement intégrée à leur vie.

— Père le disait, acquiesça Meta.

— Depuis qu'Alexandre III est monté sur le trône, je ne crois pas qu'ils pensent à autre chose, ajouta Richard. Ils sont avides de pouvoir. Cela peut s'avérer très dangereux, comme nous le savons tous.

— J'aurais aimé que tu me tiennes au courant de tout cela plus tôt, déclara Meta. Je me serais davantage intéressée aux articles de journaux consacrés à la Russie.

— Tu ne trouveras rien de bien édifiant dans la presse anglaise, répondit son frère. Ce sont les journaux étrangers qui ont évoqué les ambitions du tsar, alors que les populations piétinées par les bottes russes et les sabots de chevaux cosaques appellent en vain à l'aide.

— C'est terrible, murmura Meta.

— En effet. Et heureusement que le marquis de Salisbury en est pleinement conscient. La reine est à présent convaincue de la nécessité de surveiller les Russes pour les empêcher d'envahir l'Inde.

— Est-ce ce que le tsar vise ?

— Tous les grands théoriciens politiques s'accordent à penser que c'est son but. Il nous faut dresser nos défenses et essayer d'anticiper ses actes.

— Je comprends. Mais ce que tu me demandes est une tâche difficile.

— Tu ne dois pas te mettre en porte-à-faux, ce qui serait fatal, mais juste garder les yeux ouverts et utiliser ta finesse d'esprit pour repérer le moindre signe anormal ou inhabituel.

— Peux-tu préciser ?

— Il faut que tu repères tout ce qui, de près ou de loin, peut être lié à l'ambition démesurée du tsar d'étendre son empire à l'infini, expliqua Richard.

— Mais... comment espères-tu que j'accomplisse une telle mission en apprenant l'anglais à une jeune fille ?

— Tu seras bien placée pour voir qui est reçu par le prince, qui communique avec lui et quelle est son attitude vis-à-vis des Anglais.

— A qui devrais-je faire mes rapports ?

— A moi. Le Premier ministre m'a chargé de surveiller cet homme, et tu es la personne la plus indiquée pour m'aider.

— Cela me fait un peu peur, avoua-t-elle.

— Je comprends. Tu sais, moi aussi j'ai peur. Entre la façon dont les Russes se sont comportés envers le prince Alexandre et ce qui se passe dans les Balkans, je ne me fierais à aucun Russe les yeux fermés.

Meta se leva et se dirigea vers la fenêtre. Son regard erra sur le jardin en fleurs. La journée était chaude. Les abeilles bourdonnaient, les oiseaux voletaient d'arbre en arbre. Tout était paisible, harmonieux... Comment une telle sérénité pourrait-elle être menacée par l'avidité destructrice des Russes ? Cela paraissait impossible...

Son frère l'avait rejointe. Il la prit par les épaules.

— Ne crains rien, dit-il avec douceur. Je serai avec toi autant que je le pourrai, et je me tiendrai à ta disposition. Si tout se passe comme prévu, tu viendras à Londres avec le prince et sa sœur et tu assisteras alors à toutes ces réceptions dont tu as été privée à cause de la mort de mère.

Il la fit se tourner vers lui.

— Tu as été très courageuse et admirable ces derniers mois et je sais que tu as été très seule ici. Mais bientôt, j'en suis sûr, une nouvelle vie va commencer pour toi, totalement différente.

— Et si nous échouons ? murmura Meta.

Les mains de son frère se resserrèrent sur ses épaules.

— On ne peut pas toujours gagner, dit-il. Mais s'il y a quelque chose à découvrir, je ne peux pas croire que nous n'y arriverons pas à nous deux.

— Qui d'autre sera au courant de ce que nous faisons ? s'enquit-elle.

— Personne à part le Premier ministre et Sa Majesté.

— Elle sait que c'est toi qui as la charge de cette affaire ?

— Elle aimait beaucoup père. Je crois qu'il a effectué une ou deux excellentes missions pour elle, et qu'elle n'a jamais oublié ses loyaux services.

— Et toi ?

— Je n'ai pas les talents de conteur qu'avait père, mais je suis actuellement en faveur et j'espère que cela durera.

Richard était manifestement très heureux de la confiance que lui accordait la reine.

— Il te faudra quitter le deuil, dit-il, sinon tu ne pourras pas assister aux mêmes soirées que la princesse Natalia. Dès l'arrivée du prince, tu suggéreras qu'il a besoin de davantage de serviteurs que nous n'en avons actuellement et tu proposeras de les recruter toi-même parmi les villageois.

— Pourquoi au village ?

— Parce que nous voulons éviter l'introduction d'étrangers qui pourraient être des espions chargés de nous surveiller.

Meta enfouit son visage dans ses mains.

— J'ai du mal à croire que tout cela soit réel. On dirait une histoire sortie tout droit d'un livre.

— J'ai souvent pensé la même chose, confia Richard. Mais qui aurait imaginé que les Russes auraient une telle attitude en Europe ? D'après le Premier ministre, leurs espions sont infiltrés dans tous les pays.

— C'est incroyable, souffla Meta.

Mais en même temps elle savait, d'après ce que lui avait raconté son père, que c'était vrai. Il lui avait dit que la Troisième Section en Russie avait toujours été redoutée. Elle s'était hissée à l'apogée de sa puissance avec le tsar Alexandre III, et tout le monde craignait de plus en plus ses actions.

Il y eut un long silence, puis Meta demanda :

— Et s'ils nous démasquent ? Courons-nous un danger ?

— Tu n'as pas besoin de moi pour répondre à cette question, répliqua Richard. Papa a survécu et moi aussi.

— As-tu été dans des situations très périlleuses ?

— Par moments, oui. Je me suis alors dit que ma vie aura peut-être été courte mais intense.

— J'ai peur pour toi. Je ne veux pas te perdre, comme j'ai perdu père et mère, supplia-t-elle. Sans toi, je n'aurai plus personne.

— Ne t'inquiète pas pour moi, la rassura-t-il.

Très honnêtement, je n'ai nullement l'intention de mourir et encore moins d'être prisonnier des Russes.

De manière inattendue, il prit doucement son menton et leva son visage vers lui.

— Tu es adorable, et tu as l'air si jeune que personne n'imaginera une seconde quelle intelligence se cache derrière un si joli minois.

— J'ai du mal à le prendre comme un compliment, déclara franchement Meta.

— Je veux simplement dire que tu es toute désignée pour cette mission. Ta rapidité d'esprit t'aidera. Je suis sûr que tu n'auras aucun mal à convaincre tout le monde que tu n'es qu'une jeune fille romantique et rêveuse, pour qui le plus grand malheur dans la vie est une journée pluvieuse.

Meta ne put s'empêcher de rire.

— Oh... ne fais pas l'idiot!

— Je ne fais pas du tout l'idiot. Dès que le marquis m'a informé des souhaits du prince, j'ai pensé que j'avais non seulement la maison idéale à lui offrir mais aussi le meilleur domaine de chasse de la région et la plus douée des préceptrices pour sœur!

— Alors tu lui as tout de suite proposé ma participation... sans me consulter d'abord, dit Meta, légèrement dépitée.

— Je ne pouvais pas croire que tu nous laisserais tomber, pas toi, ma propre sœur.

— C'est prendre injustement avantage de la situation, se plaignit-elle.

— Je sais, je sais, admit Richard. Mais j'ai désespérément besoin de ton aide. Si tu refuses, je devrai aller dire au Premier ministre que j'ai échoué et qu'il doit trouver quelqu'un d'autre pour mener à bien cette mission.

Avant que Meta puisse parler, il ajouta :

— Je précise en passant que nous recevrons du prince un loyer conséquent. Suffisant pour retaper toutes les pièces que tu voulais refaire, et aussi, ma jolie petite sœur, pour t'acheter les plus belles robes de Bond Street.

Meta hésitait encore. Au fond d'elle-même, elle savait que c'était dangereux et, en un sens, contraire à la morale.

En voyant l'expression de ses yeux, Richard déclara :

— Je crois que j'ai oublié une chose.

— Laquelle ?

— C'est pour le bien de l'Angleterre. Il est de la plus grande importance que le tsar ne puisse pas, en conquérant progressivement des territoires, envahir l'Inde.

Meta ne pouvait qu'être d'accord avec cet argument. Son père lui avait toujours promis de l'emmener en Inde. Elle avait lu beaucoup d'ouvrages sur ce pays et elle savait parfaitement qu'il était le joyau de la couronne impériale.

Elle poussa un profond soupir.

— Très bien, Richard, j'accepte. Mais prometsmoi que je pourrai te joindre à tout moment. Si jamais... j'ai peur, je veux pouvoir te prévenir.

— Bien sûr. Merci, ma précieuse petite sœur, de ton aide et de ta compréhension. Je craignais tellement que tu ne refuses !

Soulagés d'être finalement d'accord, ils éclatèrent de rire en chœur.

Cependant, Meta ne pouvait s'empêcher d'éprouver de l'appréhension. Que se passerait-il si tout cela tournait mal, si le danger était encore bien plus grand qu'elle ne le suspectait ?

2

Le lendemain matin, Richard repartit pour Londres.

— J'ai réfléchi cette nuit, dit-il avant de s'en aller. Je préfère que tu engages tout de suite des serviteurs supplémentaires, au cas où le prince suggérerait de les choisir lui-même.

— Serait-ce grave ? demanda Meta.

— Moins il y aura d'inconnus dans la maison, plus il sera facile de maintenir une surveillance, répliqua Richard.

Meta étudia la question un instant.

— Dans le cas, évidemment, où je serais admise au salon, déclara-t-elle enfin. En tant que préceptrice, je serai peut-être tenue à l'écart.

Richard n'avait pas pensé à cela.

— Cela me semble assez improbable, rétorqua-t-il néanmoins. Tu n'auras qu'à t'assurer de suivre la princesse dans la moindre de ses activités.

Quand la voiture fut avancée et qu'ils furent sur le point de se dire au revoir, Richard déclara :

— J'ai une autre idée.

— Oui ?

— Il faut que tu ailles à Leicester t'acheter de nouveaux vêtements de voyage, pour tes éventuels déplacements à Londres. Tu as aussi besoin de robes de soirée, si le prince t'invite à dîner.

Meta haussa les sourcils, mais son frère ne lui laissa pas le temps de parler :

— Il est important que tu sois le plus possible avec lui et il te faut des vêtements appropriés. Par la suite, quand tu iras à Londres, tu trouveras exactement ce qu'il te faut à Bond Street.

Meta ne pouvait pas s'empêcher de trouver tout cela excitant. En même temps elle s'inquiétait : si cela tournait mal, ils auraient dépensé tout cet argent pour rien.

Après la mort de sa mère, elle avait pris conscience de l'énorme budget que nécessitait l'entretien du domaine. Même s'ils avaient réduit le personnel de maison, ils vivaient encore au-dessus de leurs moyens.

Elle comprenait parfaitement que Richard soit satisfait à l'idée de recevoir un loyer conséquent. Ils pourraient embaucher davantage d'employés pour les travaux agricoles. Ils auraient ainsi des récoltes à vendre, chose qui leur avait manqué les années précédentes.

Tout en adressant un signe d'au revoir à Richard, elle se dit aussi que l'élevage de moutons et de vaches pourrait fournir un excellent apport supplémentaire s'ils pouvaient investir la mise de départ.

Une fois seule, elle décida de se mettre immédiatement au travail. Bien qu'il ne semblât pas s'en rendre compte, Richard venait de la laisser avec un nombre conséquent de tâches à accomplir.

Avant tout, il fallait expliquer aux Bell que son frère avait loué la maison à un important gentleman qui jouissait d'une grande fortune.

— Il s'attendra à un service digne du temps où nos parents recevaient presque tous les soirs, expliqua-t-elle. Je compte sur vous, madame Bell, pour m'indiquer le nombre de personnes dont vous aurez besoin pour vous aider en cuisine.

— M'aider en cuisine ! s'exclama joyeusement celle-ci. Ça sera pas de trop.

— C'est bien ce que je pensais, dit Meta en souriant. Et même si la présence d'étrangers dans la maison sera peut-être cause de quelques difficultés, cela aidera énormément sir Richard.

Cet argument, elle le savait, finirait de convaincre Mme Bell. Celle-ci ferait de son mieux pour satisfaire « son » Monsieur Richard. Et, en effet, elle se mit aussitôt à compter sur ses doigts le nombre d'aides dont elle aurait besoin.

Meta se souvint que ses parents avaient à l'époque quatre valets. Elle demanda à M. Bell d'aller au village et d'engager autant de jeunes hommes convenables qu'il pourrait y trouver.

— Ils seront pas très finauds, Mademoiselle Meta, l'avertit-il.

— Il est important d'embaucher des gens de la région, déclara Meta d'un ton ferme. Ils se sont sentis négligés depuis que nous avons réduit le personnel et ils ont évidemment autant besoin d'argent pour vivre que nous-mêmes.

M. Bell ne put qu'accepter l'argument. Il promit de se rendre immédiatement au village, et Mme Bell annonça qu'elle l'accompagnerait.

— Vous feriez mieux de prendre la voiture, dit Meta. Y aller à pied vous prendrait trop de temps.

Mme Bell la regarda avec appréhension.

— Quand est-ce que le gentleman arrivera ? demanda-t-elle.

— Je ne le sais pas encore, répondit Meta. Sir

Richard le voit ce matin et peut-être voudra-t-il venir immédiatement.

En chœur, M. et Mme Bell laissèrent échapper une exclamation d'horreur.

Meta les laissa pour aller voir la vieille femme de chambre — la seule qui restât. Pourquoi aurait-elle gardé plusieurs femmes de chambre pour faire un lit et le nettoyage des deux pièces qu'elle utilisait en bas ?

Du temps de ses parents, il y avait une gouvernante et quatre femmes de chambre sous ses ordres. S'il fallait rétablir ce train de vie, la dépense allait être énorme, s'inquiéta-t-elle. Puis elle se dit qu'après tout on ne récoltait que ce que l'on semait. Le plus important était que le prince dispose du meilleur confort possible.

Il y avait longtemps, en tant que diplomate, son père s'était rendu en Russie. Il lui avait décrit les palaces et le train de vie extravagant que les Russes menaient. Il lui avait parlé d'une réception où les hôtes avaient fait spécialement venir de France de la porcelaine de Sèvres pour le repas. Tout le monde avait admiré le faste du dîner. Puis, quand ils avaient fini de manger, ils avaient jeté leurs assiettes en l'air et les hommes s'étaient amusés à tirer dessus comme au tir au pigeon.

Meta avait été choquée par ce récit.

— Comment ont-ils pu faire quelque chose d'aussi stupide, père ? La porcelaine de Sèvres est si belle !

— Ils ne prenaient en compte que leur plaisir, avait répliqué sir Philip.

Il lui avait décrit une autre réception où le mobilier, les tableaux et la porcelaine avaient fini dans un feu de joie au milieu de la cour. Tout cela à seule fin que les invités dansent autour et s'amusent.

Meta espérait seulement que le prince Alexis n'aurait pas l'idée d'organiser de telles réceptions au manoir. Le cas échéant, elle ne pourrait pas s'empêcher de s'opposer à cette forme de vandalisme, ce qui aurait sûrement pour effet immédiat de rompre le contrat de location avec lui.

« Pourvu qu'il renonce à venir », se dit-elle maintes fois au cours de la matinée quand ses craintes prenaient le dessus...

Après un déjeuner léger, elle se fit conduire à Leicester par Abbey. Il y avait une boutique où sa mère se rendait souvent. D'après sa propriétaire, on y trouvait un choix complet de vêtements provenant des boutiques les plus chic de Londres. Cette dame était une Française ayant épousé un Anglais. Comme un grand nombre de gens distingués, amateurs de chasse, venaient en hiver dans la région, sa boutique, bien que très chère, marchait bien.

Elle était fréquentée par nombre de riches dames du comté. Lady Lindley avait l'habitude d'y acheter deux robes par an, toutes deux pour le soir. L'une était destinée au bal d'ouverture de la chasse, l'autre à la réception grandiose que donnait chaque année le représentant de la Couronne. Ces robes étaient toujours suspendues dans sa chambre. Mais Meta savait pertinemment qu'elles étaient bien trop sophistiquées pour une jeune fille. En tout cas, elles ne convenaient sûrement pas au rôle d'innocente débutante que Richard lui avait attribué.

Comme à son habitude, Abbey conduisait l'attelage d'une main très sûre. Meta avait fait remonter la capote pour se protéger du soleil. Mais cela ne l'empêchait pas d'admirer la campagne. Elle avait tellement chassé sur ce domaine avec son père qu'elle avait l'impression d'en connaître la moindre parcelle. Elle savait où se trouvaient les champs où l'on pouvait chevaucher presque à perte de vue. Et aussi ceux comportant des pièges insoupçonnables, comme des fossés ou des points d'eau dangereux. Il faudrait d'ailleurs qu'elle mette le prince en garde contre ces endroits, se dit-elle.

Puis elle se demanda s'il lui permettrait de l'accompagner durant ses promenades à cheval...

Madame Rosa, comme se désignait elle-même la propriétaire de la boutique, fut surprise, mais non moins ravie de voir Meta.

— Je pense souvent à Madame votre mère, dit-elle. Elle était si charmante. Et quelle élégance ! Elle portait mes robes à merveille.

— Je voudrais que vous m'aidiez à en choisir une, déclara Meta.

— Vous allez vous marier ?

Meta sourit.

— Oh non ! Mon frère parle de m'emmener à Londres. Je n'ai rien à me mettre pour le voyage et il suggère que j'aie deux ou trois robes de soirée, pour d'éventuelles sorties.

Madame Rosa était ravie. Comme elle avait beaucoup aimé lady Lindley, qui lui avait envoyé nombre de clientes, elle se donna du mal pour trouver des robes convenant à Meta. Elle fut assez sensée pour ne rien suggérer qui ne soit très sobre. Et elle savait que, Meta étant débutante, ses tenues devaient être blanches.

Elle trouva une robe qui enchanta la jeune

fille. Elle était coupée dans une étoffe délicieusement souple, bordée d'une dentelle que seuls des doigts de fée avaient pu confectionner. Elles en choisirent une autre mais, de l'avis de Madame Rosa, elle était trop surchargée. Elle enleva donc les fanfreluches superflues et les remplaça par de petites roses muscades.

— Quelle bonne idée! s'exclama Meta. Je suis sûre que mon frère approuvera.

— Vous serez la plus belle de toutes aux bals, prophétisa Madame Rosa.

La robe de voyage était classique, assortie d'un chapeau.

A la fin de l'essayage, Meta songea que Richard serait certainement satisfait.

— Vous êtes ravissante, Mademoiselle, la complimenta Mme Rosa. Aucun gentleman de la capitale ne résistera au plaisir de vous faire la cour.

Meta eut un rire un peu gêné. Pourtant, elle espérait effectivement impressionner le prince. Etre dans ses bonnes grâces faciliterait sa tâche et servirait le but de Richard.

Elle effectua diverses courses à Leicester. Puis elle rentra, le siège à côté d'elle débordant de paquets et de cartons à robes. Certaines de ses emplettes ne seraient disponibles que le lendemain. Mais si l'envie prenait au prince d'arriver ce soir-là, elle était prête à l'accueillir.

Une fois à la maison, elle fut littéralement assaillie par M. et Mme Bell. Mme Bell avait trouvé deux femmes compétentes qui n'étaient que trop ravies de venir l'aider en cuisine. Elle avait aussi embauché un aide-cuisinier — un jeune homme qui ne lui semblait pas dépourvu d'intelligence. De son côté, M. Bell avait recruté trois valets et attendait le lendemain pour en embaucher éventuellement un autre.

— Ils sont pas bien malins, Mademoiselle Meta, mais ils m'obéiront au doigt et à l'œil, et c'est déjà ça.

— Je suis sûre que vous saurez leur apprendre convenablement leur métier et faire d'eux des valets dignes d'une grande maison.

— Je l'espère, répliqua M. Bell. Mais c'est pas facile de trouver du personnel de qualité, comme du temps de sir Lindley.

Meta avait déjà entendu cette réflexion maintes fois. A son avis, il ne s'agissait pas d'un manque de compétences chez les employés actuels. Le personnel était seulement plus exigeant aujourd'hui que par le passé.

Quoi qu'il en fût, les Bell aimaient que le travail fût fait « comme il fallait ».

Les trois nouvelles femmes de chambre s'activèrent comme une véritable armada. Suivant les instructions de Meta, elles se mirent à nettoyer et à briquer chaque pièce. Et il fallait avouer qu'elles avaient du travail sur la planche...

Pendant ce temps, Meta suspendit ses récentes acquisitions dans son armoire. Puis elle fit un choix parmi ses anciennes robes, au cas où le prince ne passerait pas autant de temps à Londres que Richard l'avait supposé. La plupart ne conviendraient pas, décida-t-elle. Certaines, cependant, correspondaient assez bien à son rôle de jeune fille romantique de la campagne. Puis, elle rangea ses vêtements de deuil dans des malles au grenier.

« Le prince me considérera sûrement comme une paysanne sans cervelle, se dit-elle. Alors autant ne pas le décevoir. »

Elle se regarda en souriant. Elle avait revêtu ce jour-là une robe très simple, blanche avec juste quelques touches d'un vert qui lui rappelait les arbres du jardin. Ses yeux se tournèrent instinctivement vers la fenêtre. Dans le parc, les jonquilles foisonnaient comme des éclaboussures d'or sur l'herbe. Elle songea qu'elle portait la tenue idéale pour une si rayonnante journée de printemps.

Elle était en train de cueillir des fleurs pour disposer des bouquets au salon et dans le hall, comme elle en avait toujours eu l'habitude, quand elle entendit une voiture arriver. Comme elle était à l'arrière de la maison, elle se précipita vers la porte du jardin. Puis elle traversa en courant le couloir menant au hall. Elle l'atteignit juste au moment où l'un des valets, vêtu de sa livrée, ouvrait la porte.

A sa grande joie, Meta vit Richard descendre de voiture. Puis elle retint son souffle en voyant qu'il n'était pas seul. Il se retourna pour aider une jeune fille à descendre. Un homme la suivait.

Hâtivement, Meta arrangea ses cheveux, espérant qu'elle paraissait telle que Richard le souhaitait. Mais quelle inconséquence de sa part de ne pas l'avoir prévenue!

Richard et la jeune fille, qui était manifestement la princesse, montèrent les marches. Meta alla à leur rencontre, sans penser à poser les fleurs qu'elle venait de cueillir. Elle formait ainsi le plus bel ornement qu'on eût pu apporter au vaste hall lambrissé de chêne, avec ses portraits d'ancêtres et sa cheminée de marbre. Elle était comme une fleur vivante plantée dans ce luxueux décor.

Son frère lui adressa un regard approbateur.

— Je suis désolé de ne pas t'avoir prévenue de notre arrivée, s'excusa-t-il. Mais Son Altesse était pressée de se retrouver à la campagne.

— Je suis contente de te voir, réussit à articuler Meta alors qu'il l'embrassait.

Richard se tourna vers la jeune fille à côté de lui.

— Puis-je, Votre Altesse, vous présenter ma sœur Meta ?

La princesse était très jolie. Ses cheveux noirs proclamaient son sang russe. Mais le bleu de ses yeux devait lui venir de sa mère.

Meta fit la révérence et la princesse déclara :

— Je suis... très heureuse... de vous rencontrer.

Elle parlait avec hésitation. Il était clair que la langue anglaise lui demandait de gros efforts.

Richard se tourna vers l'homme derrière lui.

— Votre Altesse, permettez-moi de vous présenter ma sœur Meta.

Meta regarda le prince. Comme elle s'y attendait, il était grand, large d'épaules, avec des cheveux noirs et un visage très typé.

Le portrait type d'un aristocrate russe, songea-t-elle.

Elle fit une profonde révérence.

— Je suis non seulement très heureux de vous rencontrer, Mademoiselle Lindley, mais aussi très reconnaissant envers votre frère de nous permettre d'habiter votre splendide demeure.

— J'espère que vous y serez aussi heureux que nous, répondit Meta. Mon frère a dû vous dire que nous disposons d'un domaine de chasse exceptionnel. Un des meilleurs d'Angleterre, en fait.

— Absolument, répondit le prince. Cette précision capitale a été portée à ma connaissance.

Il y avait une légère touche d'amusement dans sa voix. Meta se demanda si Richard n'en avait pas trop fait.

— Votre Altesse souhaiterait-elle aller au salon ? demanda Meta à la princesse. Ou préféreriez-vous que je vous montre votre chambre d'abord ? Vous avez sûrement envie de vous mettre à l'aise.

La princesse décida d'aller se reposer. Meta la précéda dans l'escalier, laissant Richard s'occuper du prince. Dès qu'elles furent hors de portée d'écoute des deux hommes, la princesse dit en français :

— Je sais que vous allez m'apprendre l'anglais, mais j'ai tellement d'autres choses à vous dire que je préfère m'exprimer en français.

— Je peux aussi parler français, répliqua Meta. Mais j'ai promis de vous apprendre l'anglais. Ce ne sera pas difficile, vous verrez.

— Certes, mais je n'ose pas m'exprimer dans cette langue, se plaignit la princesse. Pour l'instant, je voudrais parler avec vous de cette maison, de vous, et de ce que vous faites de vos journées.

Son débit de paroles était impressionnant. Tout en enlevant son chapeau et en se recoiffant, elle continua de bavarder librement, comme si elle connaissait Meta depuis des années. Elle n'était assurément pas timide ! Après avoir posé un nombre incroyable de questions, elle dit :

— Ce voyage est très excitant pour moi. J'avais si peur qu'on nous arrête au dernier moment.

— Qu'on vous arrête! s'exclama Meta. Qui aurait pu vous arrêter?

Il y eut un silence, comme si la princesse se rendait compte qu'elle venait de faire une gaffe. Puis elle s'exclama:

— Je suis prête! On descend? Je dois avouer que j'espère bien me faire offrir un thé anglais.

— Il est quatre heures. Il sera sans aucun doute servi au salon.

— Parfait!

— Vous ne buvez pas de thé en Russie?

— Du vivant de ma mère, oui, parce qu'elle était anglaise, répondit la princesse. Les aristocrates russes se conforment à tous les usages français, alors ils ne boivent pas de thé. Mais comme je suis gourmande, ce rituel me manque.

— Je suis sûre que vous apprécierez les talents de notre cuisinière, alors.

Tout en disant cela, elle imaginait Mme Bell en pleine panique. La pauvre femme n'avait évidemment rien prévu pour cette arrivée impromptue... Puis elle se souvint que Mme Bell disposait d'une aide considérable. Si le thé se réduisait à sa plus simple expression, elle aurait en revanche largement le temps de préparer un excellent dîner. En particulier si elle cuisinait pour Richard.

Elles descendirent et trouvèrent les deux hommes en train de les attendre dans le salon. Alors que Meta s'avançait dans la pièce, elle était consciente du regard du prince fixé sur elle. C'était plutôt embarrassant. Même un peu effrayant. Que pouvait-il bien penser?

De son côté, Richard avait l'air parfaitement à son aise. Il racontait au prince l'histoire de la maison.

— Notre famille vit ici depuis cinq cents ans

et, comme vous pouvez l'imaginer, chacun de nos ancêtres a apporté sa contribution à notre patrimoine. De sorte qu'aujourd'hui nous aurions besoin d'une demeure bien plus grande pour y loger tous ces objets et tous ces meubles.

Le prince se mit à rire.

— On dit la même chose de la plupart des maisons et palais russes. Les Russes sont des collectionneurs dans l'âme, et ils stockent les objets et le mobilier comme les écureuils le font avec les noisettes.

Meta demanda sans réfléchir :

— Comment avez-vous pu supporter de quitter la Russie et tout ce que vous aimez ?

A peine avait-elle prononcé ces mots qu'elle se rendit compte de son erreur. Richard fronça les sourcils et déclara rapidement :

— J'aurais dû t'expliquer que Son Altesse n'est ici qu'en visite et que, tôt ou tard, elle retournera évidemment dans son pays.

Meta savait qu'elle venait de commettre un impair.

— Comme je suis stupide ! dit-elle. Je ne sais pas pourquoi, j'imaginais que vous étiez venu vous installer en Angleterre. Pardonnez-moi.

— Il se trouve, mademoiselle Lindley, que j'ai un moment considéré cette éventualité. Peut-être avez-vous simplement lu mes pensées.

— J'aimerais être capable d'un tel prodige, dit rapidement Meta. Je suis sûre que, si tel est finalement votre choix, vous trouverez l'Angleterre à votre goût. C'est un pays paisible où il fait bon vivre.

Finalement, elle estimait s'être bien tirée de sa maladresse.

Ce n'était pas la première fois que ce genre

d'aventure lui arrivait. Sans qu'elle puisse expliquer comment, elle devinait souvent ce que les gens pensaient avant qu'ils ne l'expriment.

Heureusement, M. Bell fit opportunément diversion en arrivant à cet instant avec le thé. Les valets dressèrent la table sous ses instructions, à l'emplacement où lady Lindley en avait l'habitude, face au sofa. Ils mirent une nappe en dentelle. Puis ils apportèrent le plateau d'argent avec sa très fine argenterie George III. Il y avait une bouilloire, une théière, des pots de lait et de crème, et un sucrier. Le plus raffiné était sans conteste la petite boîte d'argent qui renfermait le thé.

Meta s'assit à la place de sa mère. Tandis qu'elle servait le thé, la table fut approvisionnée jusqu'à crouler sous les toasts et les petits fours. Il y avait aussi des gâteaux glacés au chocolat et du sucre roux et blanc.

La princesse ne put retenir un cri de plaisir.

— Maintenant je suis sûre d'être en Angleterre, dit-elle en français.

— Exprime-toi en anglais, lui ordonna le prince.

— Cela prend trop de temps, rétorqua-t-elle, boudeuse. Je veux goûter de tout ce qui est sur cette table !

Richard se mit à rire.

— Ne vous gênez pas. Mais j'espère que vous me laisserez goûter un de ces oursons au gingembre.

Meta lui lança un regard par-dessus la théière.

— Mme Bell les a faits pour toi, dit-elle. Elle n'y manque jamais.

— C'est vrai. Du plus loin que je me souvienne, il y en a toujours eu à l'heure du thé. Sans eux, la maison ne serait pas mon vrai foyer.

Il expliqua au prince l'importance des petits ours au gingembre et comment, quand il était écolier, il lui tardait de rentrer pour en manger.

La princesse, encouragée par son histoire, en mangea trois. Richard engouffra presque tous les autres.

Le prince ne parlait pas beaucoup. Meta sentait qu'il les observait et cela lui donnait une impression très désagréable. Elle n'aurait pas su dire, en le regardant, s'il était un ami ou un adversaire. Ce doute la rendait nerveuse.

S'il faisait du mal à son frère ? se demandait-elle, sans toutefois savoir par quelles voies il pourrait y parvenir. Si Richard partait pour l'une de ces dangereuses missions et que le prince était mis au courant, il pourrait faire en sorte qu'il soit tué...

Elle se força à reprendre ses esprits, mettant ses craintes sur le compte d'une imagination trop active. Pourtant, elle ne pouvait pas s'empêcher d'avoir peur.

Il y avait au moins un point sur lequel le doute n'était pas permis : le prince était beau. En fait, il était le plus bel homme qu'elle ait jamais vu. Cependant, sa beauté renfermait quelque chose de sombre. Elle n'arrivait pas à définir cette face obscure, parce qu'il parlait avec animation et riait pour l'instant avec Richard.

Ils se moquaient ouvertement de la gourmandise de la princesse. Mais il y avait quelque chose d'extrêmement réservé dans la personnalité du prince. Meta le sentait... Brusquement, l'idée lui traversa l'esprit qu'il jouait peut-être lui aussi un rôle, comme elle et Richard.

« J'aurais préféré qu'ils ne viennent pas, pensa-t-elle. Nous aurions été beaucoup mieux sans eux. »

En même temps, elle devait admettre que la présence de tout ce personnel dans la maison était agréable. Il était bon de penser qu'ils pouvaient de nouveau s'offrir ce train de vie.

Elle entendit le prince informer Richard qu'il souhaitait acheter un grand nombre de chevaux.

— Vous devez visiter nos écuries, dit Richard. Nous n'avons pas autant de chevaux que du vivant de père, mais ceux qui nous restent sont, à mon avis, exceptionnels, et j'aimerais avoir votre opinion sur eux.

— Je serais ravi de les voir, déclara le prince. Pourquoi pas tout de suite ?

— Volontiers, si vous avez terminé votre thé.

— Moi je n'ai pas terminé, alors je vous rejoindrai plus tard, annonça la princesse.

— Tu vas devenir grosse si tu manges trop, l'avertit le prince.

— J'en prends le risque, répliqua la princesse.

Son frère éclata de rire et ébouriffa ses cheveux noirs en passant devant elle. Puis, Richard et lui quittèrent la pièce.

— Je sais que je vais me plaire ici, dit la princesse en français dès qu'il fut parti. Votre nourriture est si délicieuse !

— Alors Votre Altesse se doit de rencontrer Mme Bell, qui est à notre service depuis trente ans, répondit Meta. Elle adore Richard et à chaque fois qu'il est là, elle s'efforce de préparer les meilleurs plats.

— Il a beaucoup de chance… S'il vous plaît, comme nous allons vivre quotidiennement ensemble, appelez-moi Natalia. D'accord ? J'espère que vous me permettrez de vous appeler par votre si joli prénom.

— Mais bien sûr, accepta volontiers Meta. Ce sera bien plus facile que de dire « Votre Altesse » à tout bout de champ.

— Ne m'en parlez pas ! C'est aussi pénible de l'entendre que de le dire ! Maintenant que nous nous sommes enfuis, il n'y a plus de raison qu'on s'adresse à nous ainsi.

— Enfuis ? répéta Meta.

Elle savait que la princesse venait de commettre une erreur et qu'elle ne répondrait pas franchement. Il y eut un long silence avant qu'elle n'explique :

— Il y a tant de protocoles inutiles dans les maisons russes ! Mon frère et moi avions envie de nous sentir libres. Je suis sûre que nous trouverons cette sensation en Angleterre.

C'était peu crédible, comme l'avait prévu Meta. Mais au moins était-ce une explication raisonnable.

— Vous trouverez très peu de protocole ici, la rassura-t-elle. Sauf bien sûr au Palais de Buckingham.

— Où je ne souhaite pas me rendre, dit Natalia. Je suis lasse des palais et des révérences à vous briser les genoux. Je veux juste être moi-même.

— Et vous en aurez tout loisir ici. Mais vous ne devez pas oublier que je dois vous apprendre l'anglais, sinon votre frère ne sera pas content.

— Oh, ne faites pas attention à lui. Il est toujours en train de me faire la leçon et c'est d'un ennuyeux !

— J'espère que vous ne vous ennuierez pas ici.

— Pourquoi m'ennuierais-je ? Quand nous en

aurons assez de monter vos chevaux, nous irons à Londres et je danserai avec tous les charmants jeunes hommes dont j'ai entendu parler.

— Que vous a-t-on dit ?

— Oh, allons voir vos chevaux ! Nous aurons tout le temps de parler de Londres là-bas.

Elle bondit de son fauteuil et se dirigea vers la porte. Meta songea qu'elle était très différente de la personne qu'elle avait imaginée et ne se comportait d'aucune façon comme une princesse. Peut-être son sang anglais... Mais elle semblait néanmoins avoir une sensibilité fondamentalement russe.

Quand elles eurent rejoint le prince, celui-ci ne dit pas un mot. Mais, comme un peu plus tôt, Meta crut lire une sorte d'interrogation dans son regard. Une interrogation la concernant...

En présence de son frère, la princesse fit un effort pour parler anglais. Elle prononçait mal de nombreux mots. Meta se garda cependant de la corriger en public. Cela aurait été une grave erreur pédagogique. Elle lui parla en anglais lentement de façon qu'elle puisse tout comprendre.

La princesse était absolument enchantée par les chevaux. Le prince aussi.

— Je suggère que nous partions tous en promenade demain matin, déclara-t-il. Puis l'après-midi, vous et moi, Lindley, irons à la recherche de nouveaux chevaux à acheter dans la région.

— Je pense que vous en trouverez de meilleurs aux ventes de Tattersalls, répliqua Richard.

— Je n'ai aucun désir de retourner à Londres pour l'instant.

Il avait dit cela d'un ton sec, et Richard en parut surpris.

— Très bien. Nous verrons ce que nous pourrons trouver dans la région. Peut-être aurons-nous la chance que l'un de nos voisins souhaite vendre quelques chevaux. Mais il ne faut pas trop y compter.

— Je suis sûr que vous trouverez une solution, déclara le prince. Sinon, je vous ferai confiance, bien sûr, pour acquérir les chevaux dont j'ai besoin à Tattersalls, sans que ma présence soit nécessaire.

Sa volonté d'éviter Londres était plus que manifeste. Meta se demandait la raison d'une telle « allergie » à la capitale.

D'après ce que lui avait dit Richard, elle avait imaginé qu'il ne resterait que quelque temps à la campagne pour y passer agréablement l'été, mais qu'il se rendrait souvent à Londres.

Richard, apparemment, pensait comme elle. Mais il ne posa pas de questions, alors Meta en fit autant. Soucieuse de ne plus faire d'impair, elle s'adressa le moins possible au prince et proposa à Natalia de l'emmener voir le lac.

Elles se promenèrent tranquillement, profitant du calme et de la beauté des lieux.

— L'idée de faire du cheval pendant la journée me plaît, mais que ferons-nous le soir ? demanda la princesse au bout d'un moment.

— Que voudriez-vous faire ? demanda Meta, parce qu'elle n'avait pas de réponse.

— D'abord, je veux danser, répondit Natalia, et rencontrer des jeunes gens avec qui il sera amusant de converser et qui me feront bien sûr des tas de compliments.

Meta la regarda avec surprise.

— Vous parlez comme si vous étiez une débutante. Richard a effectivement parlé d'assister à des bals à Londres, mais je croyais, puisque je suis chargée de vous apprendre l'anglais, que vous étiez trop jeune pour — comme nous disons en Angleterre — « sortir ».

— Je comprends tout à fait ce point de vue, parce que maman me l'a expliqué, répondit Natalia. Mais en Russie nous devenons débutantes bien plus tôt et, de plus, parce que je suis une princesse, je peux faire plus ou moins ce que je veux. J'ai renvoyé ma gouvernante il y a six mois et je n'ai pas du tout l'intention d'en prendre une autre.

— Je croyais que vous n'aviez que dix-sept ans.

— C'est vrai. Mais je suis en âge de me marier. Des tas de filles russes se marient à dix-sept ans. Et ce n'est pas parce qu'Alexis m'a emmenée en Angleterre qu'il va me traiter comme une gamine !

Elle avait l'air si indignée que Meta dit rapidement :

— Non, bien sûr que non, et vous ferez ce que bon vous semble. Il sera difficile de vous trouver instantanément des « tas » de jeunes gens, mais un ou deux, c'est réaliste pour commencer.

Natalia sourit.

— Donnons un dîner demain ou après-demain, dit-elle. Je suis sûre que cette charmante maison a une salle de bal.

— Oui... mais elle n'a pas été utilisée depuis longtemps.

Elle aurait dû la faire nettoyer, se reprocha-t-elle. Elle était bien embêtée maintenant ! Mais elle n'avait pas imaginé une seconde qu'un bal serait organisé. Cette pièce n'avait pas servi depuis la mort de son père.

— Alors c'est décidé, dit Natalia. Il me tarde de voir le dîner que vous organiserez pour moi et j'espère que nous pourrons danser ensuite.

Elle venait de dire ces mots d'un ton impérieux qui indiquait clairement à Meta qu'elle comptait obtenir ce qu'elle voulait.

Meta porta sa main à son front, catastrophée. Allait-elle pouvoir obtenir un tel miracle de son personnel de maison? Et en si peu de temps? Rien n'était moins sûr...

De plus, elle devait contacter les amis qu'elle n'avait plus vus depuis son deuil et les convaincre de venir...

Il fallait avant tout qu'elle en discute avec Richard. Mais il se plierait sûrement aux exigences de la princesse, comme il se pliait à celles du prince.

Elles reprirent le chemin de la maison. Meta avait la terrible sensation d'être à la poursuite de quelque chose qui ne cessait de se dérober à elle. « Pour Richard, je dois faire ce qu'ils demandent », finit-elle par se convaincre.

Quand elles arrivèrent au salon, le prince et Richard les attendaient.

— Je commençais à m'inquiéter, déclara Richard.

— Nous avons fait le tour du jardin, expliqua Natalia. Et nous avons prévu une jolie surprise pour demain ou après-demain.

— De quoi s'agit-il? s'enquit Richard.

— Un dîner et un bal, répondit la princesse.

L'expression du prince avait changé, remarqua Meta. Comme si ce projet l'ennuyait. Elle crut même voir une touche de colère dans ses yeux.

— Natalia, je pense qu'il serait inconvenant d'imposer de telles contraintes à nos hôtes dès notre arrivée, dit-il.

— Je ne comprends pas ce qu'il y aurait d'inconvenant, répondit sa sœur. Tu avais promis que je m'amuserais en Angleterre, et j'ai très envie de danser. Je ne peux pas danser sans cavalier.

— Nous vous trouverons des cavaliers, assura Richard. Mais ce sera beaucoup plus facile à Londres, où la saison a commencé et où les bals se succèdent tous les soirs.

— Je ne tiens pas à aller à Londres pour le moment, dit fermement le prince.

Il n'avait manifestement pas l'intention de revenir sur sa décision.

— Dans ce cas, nous devons faire de notre mieux pour satisfaire Son Altesse, dit Richard. Nous avons beaucoup d'amis dans la région, bien que ma sœur ne les ait pas vus dernièrement.

Voyant le prince se renfrogner, Meta s'empressa d'ajouter :

— Je suis sûre qu'ils seront ravis de répondre à notre invitation et de rencontrer des personnalités aussi importantes que Vos Altesses.

Pendant un moment personne ne parla, puis le prince déclara :

— Invitez vos amis comme vous l'auriez fait si nous n'étions pas là. Ils nous rencontreront, forcément, mais je préfère que ce soit sans tambour ni trompette.

Son ton, précis, froid et assez agressif, poussa Meta et Richard à le regarder avec surprise. Puis Richard, qui était déterminé à faire ce qu'il demandait, s'empressa de déclarer :

— Meta enverra un courrier personnel à nos amis, et je suis sûr qu'ils seront ravis de nous rendre visite. Je voulais juste expliquer à Votre Altesse que nous sortons à peine d'un deuil et que notre rythme de vie a été très calme ces derniers temps.

— Oui oui, je suis parfaitement conscient de cela, dit le prince.

Une fois de plus, Meta eut l'impression qu'il était sur le point de perdre son sang-froid.

Richard regarda sa sœur.

— Je suivrai tes suggestions, lui dit-elle. Je pense raisonnable de fixer la date à samedi, pour nous laisser le temps de lancer les invitations.

— Eh bien, parfait pour samedi, dit Natalia avec enthousiasme. Et je danserai, danserai, danserai, à en user mes souliers jusqu'à la corde !

Elle virevolta sur elle-même. Meta, craignant toujours que le prince ne sorte de ses gonds, leva la main pour l'arrêter.

— Venez avec moi voir la salle de bal, proposa-t-elle à la jeune fille. Nous déciderons ensemble de la décoration, si cela vous intéresse.

Natalia poussa un petit cri de plaisir.

— Oh oui ! Et si Alexis veut faire le rabat-joie, il n'aura qu'à s'enfermer dans sa chambre et bouder. Personne n'ira l'embêter là-bas !

Elle attrapa la main de Meta et l'entraîna vers la porte. Meta ne put s'empêcher de jeter un regard en arrière.

Le prince faisait vraiment la tête et ses yeux étaient aussi sombres que les nuages avant l'orage.

3

Les talents de cavalier du prince étaient indubitables. Tandis qu'ils chevauchaient à travers la campagne, Meta se rendait compte qu'il était bien meilleur que Richard, qu'elle croyait pourtant inégalable.

Le prince et son cheval ne semblaient faire qu'un à tel point que cela tenait de la performance artistique, comme un spectacle féerique sur une scène de théâtre.

Natalia aussi montait merveilleusement, avec une élégance qui avait mis Meta mal à l'aise au début. Sa tenue d'équitation avait pris un coup de vieux et n'avait rien de comparable avec celle, extrêmement élégante, de Natalia.

Mais dès qu'elle monta sur la selle de Firefly, elle oublia tout pour ne goûter que le plaisir de chevaucher. Si elle ne pouvait pas surpasser leurs invités, elle pouvait au moins se maintenir à leur niveau.

Ils galopèrent sur le plat puis aboutirent à la haute barrière que tous les chevaux sautèrent allégrement. Une fois l'obstacle passé, ils ralentirent au trot.

— Vous avez raison, Lindley, dit le prince

à Richard. Vos chevaux sont étonnants. Tout comme leurs cavaliers, me permettrai-je d'ajouter.

— Je suis entièrement d'accord avec vous. A vous voir chevaucher, on jugerait que vous avez vécu avec les Cosaques.

— En effet, j'ai vécu assez longtemps parmi eux, répondit le prince. Mais c'est une expérience que je ne souhaiterais pas recommencer.

Il n'en dit pas plus. Mais Meta vit son regard s'assombrir, comme s'il pensait à une période particulièrement difficile de sa vie.

Ils chevauchèrent longtemps, puis rentrèrent au manoir, affamés. Fort heureusement, un délicieux déjeuner les attendait.

Richard proposa d'emmener le prince visiter certaines fermes après le repas. Meta aurait bien voulu les accompagner mais il ajouta, avant qu'elle puisse en émettre le souhait :

— Je pense que toi et Natalia feriez bien de vous reposer, sans que cela vous empêche, bien sûr, de parler anglais.

Natalia poussa un soupir, mais Meta répondit :

— Très bien, mais j'espère que vous serez de retour pour le thé.

— Je n'ai pas l'intention de rater un seul thé anglais, assura le prince. Et je vous promets que nous serons rentrés au plus tard à quatre heures et demie.

Il lui sourit tout en parlant. Elle le trouva bien plus séduisant ainsi qu'avec son air renfrogné. Il avait d'ailleurs paru d'humeur plus légère durant cette matinée de promenade à cheval, et elle se demanda si elle ne l'avait pas jugé un peu trop vite.

Après tout, il était un étranger dans un pays

qu'il connaissait peu. Pourquoi attendre de lui qu'il se comporte comme un gentleman anglais ? Cette idée lui fit penser qu'il était étrange qu'il ne cherche pas à contacter les membres de sa famille anglaise. Elle devrait en toucher un mot à Richard dès qu'elle en aurait l'occasion.

Les deux hommes partirent dès le déjeuner terminé.

— C'est typiquement masculin, dit Natalia. Dès qu'ils ne nous veulent pas avec eux, ils nous jettent comme de vieux sacs usés dont ils n'ont plus besoin.

— Ils nous retrouveront avec plaisir à leur retour, répondit Meta, fataliste. Bien, si nous commencions votre leçon…

Natalia fit la grimace, mais elle s'efforça de parler correctement anglais pendant une demi-heure. Meta découvrit qu'elle possédait un vocabulaire assez étendu. Mais la conversation était ennuyeuse, parce que trop lente.

Par contre, lorsque la princesse se mettait à parler français, on aurait pu la prendre pour une véritable Parisienne. Le père de Meta disait que les Français parlaient très vite, en particulier lorsqu'ils se passionnaient pour un sujet précis.

Comme il n'y avait rien d'autre à faire, une fois la leçon finie, elles allèrent se promener dans le jardin. Puis elles se rendirent à la salle de bal.

Les femmes de chambre l'avaient nettoyée et les jardiniers étaient en train de la décorer de plantes et de fleurs en pots. Les valets avaient déjà briqué le parquet.

Natalia tournoya sur la piste et déclara que c'était une salle de bal idéale, juste comme elle en rêvait.

— Ce sera parfait pour danser demain, dit-elle avec excitation.

— Dansiez-vous beaucoup en Russie? demanda Meta.

— Principalement dans notre propre demeure, parce que j'étais trop jeune pour me rendre aux bals du palais. On me permettait parfois de regarder en cachette la soirée, mais c'était très frustrant.

— Vos parents donnaient des réceptions chez vous, insista Meta.

Natalia eut une légère hésitation avant de dire:

— Oui, bien sûr, quand j'étais petite il y avait des fêtes pour les enfants et puis mère est tombée malade et père était souvent absent. Il était avec le tsar.

Meta brûlait de lui demander ce qu'elle pensait du tsar Alexandre III. Etait-il aussi mauvais que les Anglais le pensaient? Mais elle savait que c'était très indiscret et que Richard la désapprouverait. Alors elle garda le silence.

— Je vous en prie, ne parlons pas de la Russie, dit Natalia. Maintenant que je suis en Angleterre, je veux tout oublier et profiter de mon séjour.

— Comptez sur moi pour vous y aider.

Mais tout en disant cela, Meta se demandait pourquoi Natalia voulait à tout prix oublier la Russie. Que s'était-il passé de si terrible pour elle? Peut-être était-ce à cause de la mort de sa mère... Non. Elle avait le pressentiment qu'il y avait une raison plus complexe que celle-là.

Puis, en y réfléchissant, elle se demanda si Natalia et le prince n'étaient pas en train de jouer une comédie bien orchestrée. Ils étaient venus en Angleterre en touristes. Si comme le suspectait la reine, ils étaient des espions, il serait logique de leur part de prétendre avoir quitté la Russie parce qu'ils n'aimaient pas y vivre.

Cela paraissait un peu tiré par les cheveux mais, après les avertissements de son frère, Meta avait des raisons de se méfier.

Elle n'eut pas l'occasion de parler seule à seul avec Richard avant que tout le monde ne soit allé se coucher. Les hommes avaient fait un long parcours à cheval l'après-midi et étaient rentrés bien après l'heure du thé.

Richard avait emmené le prince voir le propriétaire d'un célèbre haras. Il avait pensé qu'ils auraient une chance d'y trouver des chevaux à vendre et il avait eu raison. Le prince avait acheté quatre magnifiques chevaux pour la chasse. On les lui livrerait le lendemain.

Richard et le prince étaient très satisfaits de ce qu'ils appelaient leur excellent « coup ». Mais cela les avait mis en retard pour le thé et on avait retardé d'une heure le dîner pour leur ménager un laps de temps correct entre les deux repas.

A onze heures, les deux jeunes filles annoncèrent qu'elles montaient se coucher. Tandis que Natalia embrassait son frère, Meta murmura à l'oreille de Richard :

— Rendez-vous dans ma chambre.

Il hocha imperceptiblement la tête, et cela suffit à Meta pour comprendre qu'il viendrait.

Il ne se montra cependant que trois quarts d'heure plus tard. Il s'était déshabillé et portait une robe de chambre sombre à l'aspect très strict. Refermant doucement la porte derrière lui, il vint s'asseoir sur le lit.

— Je ne vais pas rester longtemps, l'avertit-il. Je suis fatigué et tu as une longue journée devant toi demain.

— Je sais. Je me demandais juste si tu n'avais rien à me dire.

— Rien de particulier.

— Je trouve bizarre qu'ils soient venus en Angleterre et ne fassent pas la moindre tentative pour entrer en contact avec la famille de leur mère.

— J'ai pensé la même chose. Mais le prince m'a dit que leur grand-père, le vieux duc, est mort et que le fils héritier de son titre n'aimait pas beaucoup sa sœur et n'a jamais eu de relations suivies avec elle.

Meta trouva l'explication plausible.

— Natalia parle comme si elle était soulagée de ne plus être en Russie, dit-elle. Je me demande si c'est juste une ruse pour nous faire croire que leur venue en Angleterre n'a pas d'autres raisons.

Richard la regarda, circonspect.

— Cette explication me semble un peu tirée par les cheveux.

— Alors, jusqu'à présent, je n'ai rien à signaler, conclut-elle. Sauf que je sens que le prince cache quelque chose, même si je ne sais pas quoi.

— Qu'est-ce qui te fait croire cela ?

— Je ne peux pas l'expliquer. Comme disait nounou : « Je le sens. »

— J'ai énormément confiance dans ton sixième sens, déclara son frère en souriant. Alors s'il te vient d'autres pressentiments, n'hésite pas à m'en faire part. Nous ne serons jamais assez prudents.

— Je suppose que Sa Majesté voudra un rapport de temps à autre...

— Le Premier ministre transmettra les informations que j'aurai éventuellement à lui donner. Mais pour l'instant, je n'ai rien à lui communiquer.

— Il est bien trop tôt.

Elle enlaça son frère par le cou et l'embrassa sur la joue.

— Va te coucher et ne t'inquiète pas, dit-elle. Pense seulement au loyer que nous rapporte cette affaire.

— Je ne l'ai sûrement pas oublié, et il me tarde de monter les nouveaux chevaux, déclara Richard, toute sa bonne humeur revenue. Tu seras épatée quand tu les verras.

— C'est bien plus important que de se demander si nous sommes espionnés ou si nous devons nous mettre à jouer aux espions nous-mêmes, décréta Meta.

Richard ne répondit pas. Il se dirigea vers la porte et se retourna pour lui adresser un petit signe avant de s'en aller, refermant très doucement la porte derrière lui.

C'était assez étrange de le voir se comporter comme un voleur dans sa propre maison. Cependant, Meta savait qu'il était absolument essentiel que ni le prince ni Natalia ne se doutent qu'elle et Richard se méfiaient d'eux.

Avant de céder au sommeil, elle se dit qu'ils nageaient peut-être en pleine absurdité. La reine et le Premier ministre faisaient peut-être tout un monde de rien du tout.

Le lendemain matin, elle venait de revêtir sa tenue d'équitation quand on frappa à la porte. Comme elle était presque prête, elle cria qu'on pouvait entrer.

A sa surprise, c'était M. Bell.

— Je peux vous parler une minute, Mademoiselle Meta? demanda-t-il.

— Oui, bien sûr. Il y a un problème ?

Il ferma la porte, puis s'approcha de la coiffeuse devant laquelle elle était assise.

— J'ai pas eu l'occasion de vous le dire hier soir, Mademoiselle, mais il s'était passé que'que chose de bizarre dans l'après-midi.

— Oui ?

— Un jeune gars est venu frapper à la porte et m'a dit qu'il avait entendu dire qu'on cherchait un valet.

— Je croyais que vous aviez trouvé.

— C'est vrai. Le gars que j'pense vient demain et ses parents sont drôlement contents qu'il travaille au manoir.

— Alors qui était cet autre homme ?

— Je l'avais jamais vu avant, mais il a beaucoup insisté. Pour tout vous dire, Mademoiselle Meta, il a même essayé de m'acheter.

Meta le regarda avec stupeur.

— Il a essayé de vous acheter ! Qu'a-t-il dit exactement ?

— Il a dit : « Je veux ce travail. J'ai beaucoup d'expérience et vous regretterez de pas m'engager. Je vous donnerai la moitié de mes gages chaque semaine si vous acceptez de me prendre. »

— C'est insensé ! Et qu'avez-vous répondu ?

— Eh ben, Mademoiselle Meta, j'ai pensé en moi-même que c'était curieux qu'un jeune gars joue comme ça les largesses avec ses gages. J'ai aussi pensé qu'il était trop intelligent et bien élevé pour être un simple valet.

— Vous avez très bien pensé, monsieur Bell, le félicita Meta. Sir Richard ne veut pas d'inconnus dans la maison.

— C'est ce qu'il m'a dit, Mademoiselle, dit

M. Bell avec satisfaction. Alors j'ai dit à ce p'tit gars que je voulais pas de lui.

— Et qu'a-t-il dit ?

— Il est devenu un peu méchant, Mademoiselle. « Tu regretteras d'avoir refusé mon offre, qu'il a dit. Allez, change d'avis, et évite-toi des ennuis. »

Meta prit une profonde inspiration.

— C'est très étrange, en effet. Etait-il anglais ?

— C'est drôle que vous disiez ça, Mademoiselle Meta. Il avait l'air bien sous tous rapports, mais que'que chose en lui m'a fait penser qu'il pouvait p't'être bien pas être de chez nous.

Meta n'ajouta pas grand-chose. Elle félicita seulement M. Bell de ne pas avoir permis l'accès de la maison à un inconnu. Mais elle était certaine que cet homme avait un motif secret de se faire embaucher chez eux. Etait-ce dans le but d'aider le prince ou au contraire de l'espionner ?

Cela semblait si compliqué qu'elle décida de ne pas inquiéter Richard avec cette histoire. M. Bell avait renvoyé l'importun, et il n'y avait rien de mieux à faire pour l'instant. Même s'il s'agissait d'un voleur. Mais un voleur ne serait jamais venu frapper à la porte. Pas plus qu'il n'aurait tenté de s'introduire dans la maison en soudoyant le maître d'hôtel.

« Je suis sûre que c'est un Russe », se dit-elle, prise d'une subite intuition.

Puis elle décida de ne plus y penser. Cet homme ne se représenterait probablement jamais.

Après le petit déjeuner, ils partirent en promenade à cheval. Dès son retour, Meta dressa la liste des invités pour le bal et convint d'un menu avec Mme Bell. Elle persuada Natalia de l'accompagner à la cuisine.

Le personnel était surexcité de rencontrer une princesse. Quant à cette dernière, elle était ravie.

— C'est exactement comme cela que j'imaginais une cuisine anglaise, s'extasia-t-elle.

Elle admirait le grand four et le jeu de casseroles suspendues à l'une des poutres. Il y avait sur la table plusieurs canards, trois lapins, un gros jambon et une collection d'oignons.

— Maman m'avait dit qu'il y avait toujours des tas de choses bizarrement pendues dans les cuisines anglaises, dit Natalia avec enthousiasme. Je suis si heureuse de le voir de mes yeux !

Meta lui montra les grandes jattes de lait où la crème était en train de se former. Mme Bell l'utilisait dans un grand nombre de ses plats.

Quand la visite fut terminée, elles sortirent par la porte de derrière et se dirigèrent vers les écuries.

— Je suppose que votre frère et Richard ont choisi les meilleurs chevaux, dit Meta.

— Vous pouvez en être sûre. Alexis a toujours gagné les concours d'équitation de Saint-Pétersbourg. Il a collectionné un nombre impressionnant de coupes d'or.

— Vous devez être très fière de lui.

— Bien sûr.

Pourquoi un prince réussissant si bien dans son pays choisissait-il de partir à l'étranger ? se demanda Meta, de plus en plus déconcertée. Richard avait dit qu'ils n'étaient ici qu'en visite. Mais, d'après ce que lui racontait Natalia, elle était à peu près certaine qu'ils avaient l'intention de s'installer en Angleterre et de ne jamais retourner en Russie.

Natalia ne l'avait pas dit explicitement, mais la plupart de ses réflexions l'avaient laissé entendre. Elle parlait comme si la Russie faisait partie du passé et comme si sa vie était à présent en Angleterre.

Mais Meta ne devait pas perdre de vue l'autre éventualité : leurs hôtes russes pouvaient fort bien jouer la comédie pour qu'ils ne se doutent pas un instant qu'ils étaient des espions.

« Une idée compliquée, mais à la mesure de l'esprit retors du tsar », se disait-elle.

Que pouvait-on attendre d'autre d'un homme se comportant si odieusement envers des populations innocentes ? Elle n'avait pas oublié ce que lui avait appris Richard. Comment des agents, déguisés pour mieux s'infiltrer dans une société, étaient à l'origine de troubles sanglants. Il n'était donc pas exclu que le prince Alexis fût l'un de ces agents. Quoi de plus naturel pour un excellent cavalier de souhaiter chasser avec l'une des meilleures écuries du pays ? En tout cas, aucun Anglais n'y trouverait à redire... Et quoi de plus logique pour réaliser ce souhait que de louer une demeure comme le manoir ? L'agent en question n'aurait plus qu'à sympathiser avec ses hôtes pour gagner leur confiance. Le scénario était tout à fait plausible.

Mais, quand Meta y réfléchissait encore, il lui semblait bizarre que le prince et sa sœur puissent jouer à ce point la comédie. Ils étaient si charmants...

« Il faudra que je perce ce mystère », se promit-elle, résolue à comprendre.

— Pourquoi ne contactez-vous pas les parents de votre mère ? demanda-t-elle à Natalia quand elles furent seules. Je sais qu'ils vivent dans le Nord, et que ce n'est pas tout près, mais le duc de Cambria est une personnalité très importante.

— J'aimerais le rencontrer, admit Natalia. Mais Alexis ne pense qu'aux chevaux et à la chasse. Voilà pourquoi nous sommes venus dans le Leicestershire.

— Pour notre plus grand plaisir.

— Vraiment ? Vous ne dites pas cela parce que Alexis vous verse un important loyer ?

— Qu'est-ce qui vous fait penser cela ?

— Quelqu'un a dit à Alexis que votre frère se trouvait dans une mauvaise passe financière.

Elles parlaient français, et elle enchaîna rapidement :

— Je n'arrive pas à me rappeler qui, mais il a fait une enquête et il a dit que l'argent était la seule raison qui vous poussait à nous accueillir.

Meta garda le silence. Mais elle nota que le prince avait fait faire une enquête sur Richard. Son séjour à Londres avait été très court, pourtant il avait réussi à savoir que la mort de leurs parents les avait laissés dans le besoin.

A moins qu'il n'ait eu une autre raison de venir au manoir...

Meta était pratiquement certaine, d'après ce qu'avait dit le prince, qu'il n'avait pas rencontré leurs voisins jusqu'à présent. Il ne savait sûrement rien des familles dont les enfants viendraient dîner ce soir-là.

Comme Natalia souhaitait danser, Meta n'avait invité que des jeunes. Elle avait expliqué dans ses cartons d'invitation qu'il s'agissait d'un dîner très simple après lequel aurait lieu un bal.

Elle avait dressé la liste des invités et l'avait posée sur le bureau du salon, dans l'intention de la montrer à Richard.

Ce fut là qu'elle surprit le prince en train de la consulter.

— C'est notre liste d'invités pour ce soir, dit-elle. Peut-être désirez-vous savoir qui sont exactement ces gens ?

Elle le rejoignit et suivit sa liste de l'index.

— Voilà le fils du représentant de la Couronne, le marquis d'Evenstock. Et là, la plus jeune fille du comte d'Everley...

Elle poursuivit jusqu'au bout de la liste, puis le prince déclara :

— Je n'ai rencontré aucune de ces personnes et je serai bien sûr ravi de les connaître.

Il parlait d'un ton détaché. Cependant, comme si elle avait encore le pouvoir de lire dans ses pensées, Meta sentit qu'il était soulagé qu'il s'agisse d'inconnus.

Cela prouvait peut-être qu'il craignait d'être reconnu. S'il était un espion, évidemment...

En se préparant pour le dîner, Meta se surprit à ressasser tout cela dans sa tête. Cela commençait à devenir une obsession. Elle décida d'essayer de ne plus s'inquiéter tant qu'elle n'aurait pas de preuves tangibles pour étayer ses soupçons.

De toute façon, tout cela était ridicule. Si le prince était effectivement un espion, qui aurait-il à espionner ici ? Il n'y avait aucune réponse logique à cette question, et il était donc insensé de créer des problèmes avant qu'ils ne se présentent.

Mieux valait profiter de la compagnie du prince et de sa sœur.

Pour la soirée, elle mit l'une des jolies robes achetées chez Mme Rosa.

— Votre robe est ravissante ! s'exclama Natalia quand elle la vit. Et elle vous va à la perfection. On vous imaginerait sans peine vous envoler dans les nuages.

— J'espère que je le ferai après le bal et non avant, répliqua Meta. J'ai autant envie que vous de danser. Je suis en deuil depuis si longtemps que j'ai bien peur de marcher sur les pieds de mes cavaliers et de trébucher tout le temps.

— Impossible. Je suis sûre que vous danserez mieux que tout le monde, à part moi. Je veux être la meilleure au bal, tout comme Alexis veut être le meilleur à la course.

— Je suis certaine que vous serez la plus remarquée de la soirée.

Natalia était assurément très belle dans cette robe rappelant la couleur de ses yeux. Elle était beaucoup plus sophistiquée que celle de Meta. Et cette sophistication lui allait fort bien. Meta fut même surprise de la voir porter un tour de cou en diamants. On retrouvait les mêmes pierres sur le corsage de sa robe.

Sans que Meta pose la question, Natalia indiqua qu'il s'agissait des bijoux de sa mère.

— Je veux les porter en une occasion aussi importante que mon premier bal en Angleterre, déclara-t-elle. J'espère qu'il ne sera que le premier d'une longue, longue série.

— Je l'espère aussi.

Elle pensa la même chose quand, après le dîner, l'un des jeunes gens qu'elle fréquentait habituellement à la chasse la fit tournoyer sur la piste de danse.

— J'ignorais que vous étiez si bonne danseuse, dit-il.

— Je suis contente de vous l'entendre dire, répondit franchement Meta. Il y a si longtemps que je n'ai pas eu l'occasion de danser.

— Je suis désolé pour votre mère. Elle était si belle... Et quelle cavalière!...

Meta sourit alors qu'il ajoutait:

— Je suppose que l'on vous a déjà dit que vous étiez au moins aussi belle et aussi bonne cavalière.

— J'espère que c'est vrai, dit-elle. Merci. Les Anglais ne m'avaient pas habituée à autant de compliments.

Son partenaire rit à ce trait d'esprit. Puis il lui fit promettre de lui accorder sa première danse à chacun des bals auxquels ils se retrouveraient.

Plus tard dans la soirée, le prince vint l'inviter. Elle ressentit un étrange accès de timidité quand il enlaça sa taille. C'était incompréhensible car, en règle générale, elle n'était pas du genre timide. Mais là, alors qu'ils suivaient les accords romantiques d'une valse, elle avait l'impression d'avoir perdu toute assurance.

— Vous dansez aussi bien que vous montez à cheval, dit le prince de sa voix profonde. Mais je suppose qu'on vous l'a déjà dit des centaines de fois.

— Seulement deux fois ce soir, répondit-elle. Comme vous vous en êtes sûrement rendu compte, les Anglais sont plutôt avares de compliments...

Ses propres paroles lui parurent légèrement trop recherchées. Elle ne s'exprimait pas comme la fille simple de la campagne que Richard voulait qu'elle soit.

Le silence dura un petit moment, puis le prince demanda :

— Comment ressentez-vous la présence de ma sœur et moi chez vous ?

— Nous sommes ravis de vous accueillir. J'étais très seule ici quand Richard était absent. Je n'avais personne à qui parler à part les serviteurs.

— Etiez-vous seule à ce point ?

Meta hocha la tête.

— Et je commençais à croire que Richard ne rentrerait jamais. Je lui ai dit que je craignais de me mettre à parler seule et que l'on me croie folle.

Le prince éclata de rire.

— Il est évident qu'il n'en est rien ! En fait, vous êtes bien plus sensée et bien plus intelligente que vous ne voulez le paraître.

Meta fut si surprise qu'elle faillit trébucher. Il la retint fermement.

— Pourquoi... dites-vous cela ? demanda-t-elle avec hésitation.

— Parce que c'est la vérité. Vous réfléchissez beaucoup et vous ne parlez pas impulsivement comme Natalia.

Meta pensa à Richard. Il allait être contrarié qu'elle ait si mal joué son rôle.

— Je ne m'en plains pas, reprit le prince. Je vous trouve aussi captivante que cette maison et ses alentours. Depuis mon arrivée ici, je me sens aussi bien que si je flottais sur un nuage.

Meta ne put s'empêcher de rire. Voilà des mots qu'aucun Anglais n'aurait pu dire ! C'était très poétique et, elle en était certaine, très russe.

— Mais arrêtons de faire semblant, dit le prince. Dites-moi si vous appréciez vraiment notre présence ici ou est-ce juste parce que nous payons les factures ?

Voilà qui était franc. Levant les yeux, Meta croisa son regard. Elle avait l'impression qu'il lisait en elle comme elle lisait en lui. Les mots étaient inutiles.

Puis, parce qu'elle avait la sensation de perdre un peu trop vite le contrôle de la situation, elle se força à déclarer d'un ton léger :

— J'ai l'impression que vous cherchez les compliments. Votre sœur m'a dit que vous en receviez à ne plus savoir qu'en faire en Russie.

— Vous n'avez pas répondu à ma question, insista le prince.

— Parce que je pense que ce n'est pas nécessaire. Vous savez pertinemment que tout ce qui se passe ici depuis votre arrivée est passionnant pour moi.

— C'est ce que je voulais entendre, dit-il avec satisfaction. Mais je crois que le mérite en revient principalement à mes nouveaux chevaux.

— Là, vous jouez le modeste, dit Meta en riant.

— Ai-je besoin de jouer ?

— Qui sait ? Nous avons beaucoup à apprendre l'un de l'autre et vous venez à peine d'arriver.

— Assez bizarrement, j'ai l'impression d'être ici depuis longtemps. C'était ce que je recherchais, mais que je croyais impossible à trouver.

— Alors Richard et moi pouvons nous féliciter, dit-elle, essayant encore de cacher sa gêne sous un ton léger. Parce que nous nous efforçons de tout faire pour que vous vous sentiez chez vous et heureux.

— Je le sais, et je vous en remercie du fond du cœur.

Meta eut l'impression qu'il l'attirait un peu plus à lui en disant ces mots. Puis la danse prit fin.

Alors qu'ils se séparaient, au milieu des rires et des conversations des autres danseurs, elle se dit qu'ils venaient d'avoir un bien curieux échange. Le fait qu'il ait eu lieu en dansant le rendait encore plus étrange.

Elle manquait d'expérience pour savoir si le prince l'avait courtisée. On disait que les Russes, comme les Français, étaient très doués pour faire la cour. Mais comment pouvait-elle déterminer si c'était le cas, elle qui connaissait si peu les hommes ?

Elle savait seulement que le prince était d'une distinction remarquable et que nombre de jeunes filles dans la salle espéraient qu'il les invite.

« Il danse avec moi par politesse, se dit-elle. Parce qu'il est mon hôte. »

Mais elle aurait tout de même voulu que ce ne soit pas la seule raison...

Elle en était là de ses réflexions, quand un jeune homme, qui était leur voisin le plus proche, vint l'inviter. Alors qu'elle acceptait, le prince tourna les talons et quitta la salle.

Où allait-il ? Peut-être, une fois son devoir envers elle accompli, n'estimait-il plus nécessaire de rester dans une soirée qui l'ennuyait.

La musique reprit. Tandis que son cavalier la faisait tourner assez maladroitement, ils passèrent devant l'une des fenêtres ouvertes sur le jardin. Meta aperçut alors la silhouette du prince traversant la pelouse. Il se dirigeait vers le massif d'arbustes.

Ce départ précipité était étrange... Et s'il avait

un rendez-vous secret ? L'homme qui avait essayé à tout prix d'entrer comme valet au manoir était-il de quelque manière en liaison avec lui ? Peut-être communiquaient-ils à l'insu de tous...

« Je suis stupide », se reprocha Meta.

En même temps, elle savait qu'il était naturel de spéculer sur une situation qu'elle ne comprenait pas. Qui l'effrayait même un peu...

La fête s'acheva vers une heure du matin. Les invités s'en allèrent en affirmant qu'ils ne s'étaient jamais autant amusés. Chacun promit d'organiser un bal à son tour pour rendre l'invitation de Richard et Meta.

— Nous venons de lancer une nouvelle mode, nota Richard quand ils furent tous partis.

— Et une mode très agréable, dit Natalia. Quand donnons-nous un autre bal ?

— Si vous en voulez un tous les soirs, il va falloir que je m'achète une paire de chaussures, répliqua Richard. Celles-ci ont déjà du mal à tenir le choc.

Natalia lui sourit.

— Vous dansez aussi bien que vous montez à cheval, le complimenta-t-elle. Je veux danser avec vous des centaines de fois !

— Oh, alors je dois me rappeler de vous mettre sur ma liste de candidates, plaisanta Richard.

Natalia ne comprit pas tout de suite.

— Vous n'êtes qu'un prétentieux d'Anglais, dit-elle enfin. Aucun Russe ne ferait une réponse aussi horrible.

— Je suis désolé. Pardonnez-moi, et je promets qu'au prochain bal je serai votre cavalier durant toute la soirée.

— Voilà qui est mieux, apprécia Natalia. Mais vous auriez dû dire : « Je vous demanderai au prochain bal l'honneur d'être votre cavalier durant toute la soirée. »

— Je reconnais mon erreur, Votre Altesse.

Ses yeux pétillaient de malice et Natalia déclara rapidement en français :

— Si je dois apprendre l'anglais, vous devez pour votre part apprendre à être galant. Je vous enseignerai en français quelques compliments que toute femme souhaite entendre.

— Je pense les connaître déjà, affirma Richard. Et je vous répondrai en africain et en brésilien pour que vous ne compreniez pas un mot.

Natalia lui lança un coussin. Puis, riant toujours, ils montèrent tous se coucher.

Dans sa chambre, Meta songea qu'elle ne s'était jamais autant amusée. Cela la changeait assurément de ses longues soirées solitaires où elle n'avait qu'un livre pour l'aider à tromper l'ennui.

Elle appréciait la présence du prince et de Natalia. Et, s'ils espionnaient, tant qu'ils n'étaient pas pris, qui cela dérangeait-il ?

Elle se mit au lit. Elle commençait à peine à entrer dans le sommeil, bercée par des rêveries de danse infinie dans les bras du prince, quand la porte s'ouvrit.

Quelqu'un s'approcha de son lit, et elle savait que c'était Richard.

— Qu'y a-t-il ? demanda-t-elle.

Il s'assit au bord du lit. La lueur des étoiles entrant par la fenêtre était juste suffisante pour qu'elle discerne sa silhouette.

— Qu'y a-t-il ? répéta-t-elle d'une voix un peu endormie, alors que Richard ne disait rien.

— Je voudrais te parler de quelque chose de bizarre, commença-t-il. Quand le prince a quitté le bal, j'étais en train de parler avec Charles Burton. Il me disait que son père avait un cheval à vendre, et j'ai pensé que cela intéresserait le prince.

— Tu as eu raison.

— Je suis allé le chercher dans le jardin parce que Charles devait partir tôt. Mais arrivé au massif d'arbustes, vers lequel j'avais vu le prince se diriger, je me suis rendu compte qu'il parlait avec quelqu'un.

Meta se raidit.

— Il parlait avec quelqu'un, répéta-t-elle. Un homme ?

— Oui. J'ai entendu une voix d'homme. Puis, comme je ne voulais pas qu'il croie que je l'avais suivi par curiosité, j'ai rebroussé chemin.

Meta garda le silence, alors il poursuivit :

— Je suppose que tu n'as aucune idée de qui il s'agissait ?

Meta se redressa un peu sur son oreiller.

— Je vais te dire ce que M. Bell m'a raconté, commença-t-elle.

4

Richard et Natalia se dirigèrent vers la maison. Ils venaient tous de faire une promenade à cheval et Meta était restée derrière pour donner des instructions à Abbey.

Alors qu'ils traversaient la cour, Richard aperçut dans le lac quelques canards qu'il ne connaissait pas. Il eut envie d'aller les regarder de plus près, et Natalia l'accompagna. Ces nouveaux canards avaient probablement fait le voyage depuis une rivière voisine.

— Ils sont très jolis, dit Natalia. Ne leur faisons pas peur.

— Ce n'est pas du tout mon intention. Je suis ravi qu'ils soient venus nous rendre visite.

— Etes-vous réellement ravi de nous avoir ici, Alexis et moi ? demanda Natalia sans transition.

— Vous rendez ma sœur très heureuse, et j'espère seulement que vous ne vous ennuierez pas trop vite à la campagne.

— Pas tant que je pourrai monter ces magnifiques chevaux et danser avec vous.

Richard haussa les sourcils.

— Vous ne manquez pas de cavaliers pour danser.

— Vous êtes très bon danseur, répondit-elle en français.

— Parlez anglais ! lui ordonna-t-il fermement.

— Eh bien... J'aime... beaucoup... danser... avec vous. Voilà.

— C'est mieux, approuva-t-il. Vous n'aurez bientôt que l'embarras du choix en matière de partenaire de danse. Meta m'a dit qu'elle avait déjà une invitation de lord Brookland, qui était là samedi, et je suis sûr que beaucoup d'autres suivront.

Natalia haussa les épaules.

— Ces jeunes gens sont très sympathiques, mais je préférerais danser avec vous.

— Vous m'en voyez flatté. Mais je suis bien trop vieux pour vous.

Natalia lui coula un regard par en dessous.

— Pas pour parler et m'apprendre tout ce que je veux savoir sur l'Angleterre.

Dans ses yeux, une lueur intense brillait. Sa voix avait pris une tonalité plus profonde. Richard fut légèrement décontenancé. Lui qui la prenait presque pour une enfant ! Maintenant il voyait ses cheveux noirs briller sous le soleil, car elle avait enlevé sa toque d'équitation. Il se rendait compte de l'extraordinaire beauté de ses yeux bleus. En fait, elle était la plus ravissante femme qu'il ait jamais vue.

Mais son instinct lui conseillait de se méfier. La dernière chose à faire était de permettre à cette adorable petite Russe de tomber amoureuse de lui. Ou pire encore, de tomber lui-même amoureux d'elle.

— Meta aura sûrement envie de voir ces canards, dit-il brusquement. Je vais la prévenir, ajouta-t-il en tournant les talons et en se dirigeant vers la maison.

Il avait à peine parcouru quelques mètres que Natalia glissait sa main dans la sienne.

— Je m'efforce vraiment de parler anglais, parce que vous le souhaitez, dit-elle. Et j'aime votre magnifique maison, votre sœur — vous.

Richard inspira profondément. Les événements prenaient une tournure qui pourrait s'avérer très compliquée, voire dangereuse.

— Je suis ravi que l'Angleterre vous apporte autant de joies, déclara-t-il. Vous auriez pu languir de retourner en Russie, ce qui aurait sûrement contrarié votre frère.

Comme Natalia lui tenait la main, il sentit le frisson qui la parcourut.

— Je ne veux plus jamais revoir la Russie, dit-elle d'un ton grave.

— Pourquoi donc ?

Il ne pouvait pas manquer de poser une question aussi essentielle. Mais en même temps, il n'avait aucune envie de mêler cette ravissante jeune fille au problème complexe que Meta et lui essayaient de résoudre.

Il s'interrogeait toujours sur l'identité de l'homme avec qui le prince s'était entretenu dans le jardin. Etait-ce celui qui avait voulu se faire engager comme valet ? Quel lien les unissait ?

Bien sûr, Natalia garda le silence, puis détourna la conversation.

A son grand étonnement, il trouva la réponse à ces questions à la fin du déjeuner. Ils étaient sur le point de quitter la salle à manger, quand le prince déclara :

— Au fait, Lindley, comme nous avons acheté des chevaux et que j'espère en acquérir d'autres, je souhaiterais embaucher un Russe qui était autrefois au service de mon père.

— Un Russe...

— Il a une grande expérience des chevaux, expliqua le prince. Et je lui ferais confiance pour dresser le plus farouche étalon que nous pourrions ajouter à votre écurie.

Richard ne put qu'accepter.

Il se levait pour partir, quand le prince ajouta :

— Et si cela ne vous dérange pas, mademoiselle Lindley, je voudrais faire entrer dans votre maison mon valet, qui m'a suivi depuis la Russie. Il est à mon service depuis cinq ans et est extrêmement fiable. Je suis sûr qu'il s'intégrera parfaitement à votre personnel.

— Je suis désolée si M. Bell ne s'est pas assez bien occupé de vous, dit-elle.

— Il n'a failli d'aucune manière, la rassura-t-il. Mais je veux avoir mon propre valet, de sorte qu'il pourra me suivre si je vais à Londres ou si j'ai la chance de nouer de nouvelles amitiés en Angleterre et d'être invité à séjourner ailleurs qu'ici.

Il était manifestement d'excellente humeur.

— Je suis sûre que vous aurez bientôt un grand nombre d'amis dans ce pays, répondit Meta, d'une petite voix.

Elle regardait Richard tout en parlant. Elle savait qu'il pensait la même chose qu'elle : ils n'avaient pas d'autre choix que d'accéder aux requêtes du prince.

Le matin suivant, quand ils revinrent de leur promenade, un inconnu se trouvait à l'écurie. Il n'était pas tout jeune, environ quarante ans. Il avait très nettement le type russe, mais parlait anglais.

— Je vous présente Feodor, dit le prince. Il est très compétent, notamment en matière de chevaux.

— Ils sont très beaux, Votre Altesse, nota Feodor.

Il salua Meta d'une révérence.

— J'espère que vous vous trouverez bien ici, dit-elle. Mon personnel se chargera de vous mettre au courant du fonctionnement du domaine.

Il fit une autre révérence, puis il se retira très vite, comme s'il préférait éviter de lui parler.

Etait-ce l'homme avec qui le prince avait eu rendez-vous l'autre soir ? se demanda-t-elle. Mais M. Bell allait lui donner une tout autre explication...

Il ne vint lui parler que le soir arrivé, alors qu'elle était montée se changer pour le dîner. Natalia était déjà en train de se préparer, tout excitée, parce que lord Brookland et l'un des jeunes gens ayant assisté au bal s'étaient invités à dîner de façon impromptue.

— Nous danserons après le dîner ? avait-elle aussitôt demandé.

— Si je vous accompagne au piano, avait répondu Meta, il faudra que vous m'indiquiez vos airs préférés.

Natalia n'avait pas tenu en place jusqu'au moment d'aller s'habiller. En montant l'escalier, elle avait lancé :

— Je vais mettre ma plus belle robe ! Faites-en autant !

— Je la garde pour une meilleure occasion, avait répondu Meta.

Mais Natalia n'était déjà plus là.

C'est à ce moment-là, alors que Meta entrait dans sa propre chambre, que M. Bell se présenta à sa porte.

— Il vous manque quelque chose ? lui demanda-t-elle. Je crois que sir Richard a sorti le vin.

— Non, tout est prêt, Mademoiselle Meta. Je voulais juste vous parler au sujet du Russe qui est arrivé cet après-midi.

— Le valet de Son Altesse ? J'étais prévenue de son arrivée, mais je ne savais ni quand ni comment.

— Il est venu en chaise de poste, Mademoiselle. Avec un tas de bagages pour Son Altesse.

S'il avait les bagages du prince, pourquoi n'était-il pas venu plus tôt ? se demanda Meta, sans toutefois faire aucun commentaire. Puis elle se rendit compte que M. Bell semblait hésiter, comme embarrassé.

— Qu'y a-t-il, monsieur Bell ?

— Eh bien, c'est que ce Russe est, j'en suis presque certain, le même homme qui est déjà venu et a essayé de m'acheter.

— Celui qui tenait tant à se faire embaucher ici ?

— Oui. C'est lui, avec une moustache en plus qui lui donne un air un peu différent. Mais je jurerais que c'était lui.

Meta le regarda avec consternation.

— Son Altesse m'a dit que ce valet était à son service depuis cinq ans. Si c'est vrai, pourquoi voudrait-il se faire embaucher par vous, alors qu'il lui est si facile de venir avec Son Altesse ?

M. Bell se gratta le crâne.

— J'peux pas répondre à ça, Mademoiselle Meta. Mais je suis sûr que c'est lui.

— Bon. N'en parlez à personne. Contentez-vous de bien surveiller ce qui se passe. Je sais que je peux compter sur vous pour ouvrir l'œil.

— Je ferai de mon mieux, Mademoiselle, mais avec ces étrangers on ne sait jamais ce qu'ils mijotent.

Il s'en alla, laissant Meta dans l'expectative la plus totale. Elle ferma la porte de sa chambre et se changea, tout en se disant qu'elle devait absolument mettre Richard au courant. Mais que pourrait-il faire de plus ?

Le prince avait demandé que deux de ses serviteurs intègrent le personnel de maison, quoi de plus normal ! Restait à savoir si la présence de ces deux hommes ne répondait pas à d'autres exigences que celles du confort. Le prince avait peut-être des raisons moins avouables de les vouloir à ses côtés...

Elle descendit pour le dîner, vêtue d'une des jolies robes achetées à Leicester. Les deux invités étaient arrivés et s'entretenaient avec Natalia. Celle-ci était particulièrement en beauté et portait encore les diamants de sa mère. Elle était si heureuse que ses yeux semblaient avoir plus d'éclat que les pierres précieuses. Elle bavardait dans un mélange de français et d'anglais que les deux hommes trouvaient apparemment délicieux.

— Nous n'avons pas eu le temps d'organiser une plus grande réception, dit Meta à lord Brookland alors qu'ils se dirigeaient vers la salle à manger.

— La compagnie de la princesse — et la

vôtre — me satisfont totalement, répondit-il galamment.

Meta nota tout de même qu'il ne l'avait mentionnée qu'après coup.

— Elle est la plus passionnante chose qui soit apparue depuis bien des années sur cette partie du globe, poursuivit-il, faisant allusion à Natalia.

— Je ne crois pas que votre père serait d'accord, lui qui possède le plus beau lot de chiens de chasse du comté, ironisa Meta pour répondre à l'emploi, insultant à son goût, du mot « chose ».

Lord Brookland se garda de répondre. A la place, il posa une question qui manifestement faisait l'objet de toutes ses préoccupations :

— Combien de temps la princesse reste-t-elle ?

— Nous espérons le plus longtemps possible. Le prince est venu en Angleterre pour chasser. Mais en attendant l'ouverture de la saison, il se consacre à l'achat de chevaux, qui feront certainement l'envie de tous.

— On en parle en effet déjà beaucoup. Je compte aller à Tattersalls la semaine prochaine, pour essayer de m'accorder à son diapason.

— C'est un défi très coûteux, que Richard et moi ne pouvons pas assumer financièrement.

— J'en suis désolé.

A son ton, elle comprit qu'il ne compatissait pas seulement pour leur manque d'argent, mais pour leur obligation d'héberger des étrangers chez eux. Elle était certaine que leur situation devait alimenter les ragots dans tout le Leicestershire.

La seule consolation était la gentillesse du prince et de sa sœur. Ils étaient si agréables à vivre qu'il était difficile de considérer leur présence comme un fardeau.

Le dîner se passa dans la bonne humeur générale. Quand il fut terminé, Natalia les entraîna tous dans la salle de bal. Les chandeliers avaient été allumés pour donner une ambiance chaleureuse. Néanmoins, l'immense pièce vide paraissait trop vaste et trop vide avec si peu d'invités. Meta regrettait de ne pas avoir disposé du temps nécessaire pour lancer d'autres invitations.

Elle s'installa au piano, et lord Brookland invita Natalia à danser.

L'autre invité, Henry Thornton, demanda :

— Avec qui vais-je danser, si vous jouez le rôle de l'orchestre ?

— Je n'avais pas pensé à cela, admit-elle. Il faudra attendre votre tour.

Le prince, qui s'entretenait jusqu'alors avec Richard, vint au piano.

— Je jouerai, dit-il. Allez danser.

— Vous êtes sûr que cela ne vous ennuie pas ?

— Je suis sûr d'être parfait pour ce rôle.

Henry Thornton prit Meta par la taille. Le prince joua deux notes graves, puis enchaîna sur un air léger. Dès les premiers instants, sa virtuosité ne fit aucun doute.

Tout en se laissant guider par Thornton, Meta ne pouvait s'empêcher d'admirer les talents de musicien du prince. Elle était très surprise. Il était resté si discret sur ce sujet qu'elle ne l'avait jamais imaginé jouer aussi bien du piano...

Natalia termina sa danse avec lord Brookland, puis insista pour danser avec Richard. Il répéta qu'il était trop vieux pour cela et qu'il préférait de loin regarder. Mais elle se moqua de sa résistance et l'entraîna sur la piste. Puis, sembla-t-il à Meta, elle fondit littéralement de plaisir dans ses bras.

Meta avait toujours pensé que Richard était un excellent danseur. En tout cas, Natalia et lui formaient un couple exceptionnel.

Quand le prince termina son morceau, elle les félicita :

— Vous dansez si bien ensemble que j'ai envie d'organiser une fête où vous feriez une démonstration.

— Grand Dieu ! s'exclama Richard. Je n'ai sûrement pas l'intention de m'exhiber.

— Alors nous nous contenterons de danser tout le temps ensemble, dit Natalia. Vous êtes le meilleur partenaire de danse que j'aie jamais eu de ma vie.

Elle leva les yeux vers lui avec une expression qui poussa Richard à se détourner rapidement. Il alla au piano pour féliciter le prince.

— J'ignorais que vous étiez musicien, monsieur.

— Beaucoup de Russes le sont, répliqua le prince. Je joue du piano et du violon depuis ma plus tendre enfance. Mon père, musicien lui-même, m'y a encouragé.

Il sourit avant d'ajouter :

— Je suppose que si j'étais ruiné, je pourrais toujours trouver un emploi dans un orchestre.

— Il est beaucoup plus probable que vous vous produisiez au château de Windsor, devant Sa Majesté la reine, dit Richard en riant.

Le prince leva un bras dans un geste horrifié.

— Si vous me menacez d'une telle chose, je prétendrai être sourd comme un pot.

Richard rit de nouveau, mais déclara :

— J'ai souvent assisté à des concerts à Windsor et je peux vous assurer que la plupart sont extrêmement ennuyeux. Vous redonneriez sûrement un coup de fouet salutaire à cette salle de musique.

— Je n'en ai nullement l'intention, dit le prince, presque sèchement.

Ce brusque accès d'humeur surprit Richard. Mais lui donna aussi à réfléchir. Si le prince était un espion, il devrait logiquement se précipiter sur la moindre occasion de se rapprocher du cercle royal ou au moins des gens proches de la reine. Mais il avait délibérément quitté Londres, qui était l'endroit le plus propice à ce genre de plans, et semblait vouloir s'enterrer à la campagne.

Tout paraissait si contradictoire que Richard commençait à s'y perdre...

Le prince entama une valse et Natalia vint prendre Richard par la main.

— Je veux danser avec vous. Et j'ai peur que vous ne m'invitiez pas. Alors, je brise toute convention, et je vous invite.

— Cela me laisse une chance de refuser.

— Comme j'ai fait l'effort de vous inviter dans un anglais parfait, il serait à la fois méchant et un peu rustre de refuser.

Richard éclata de rire.

— Très bien, vous avez gagné.

Il la prit par la taille.

Meta remarqua que le prince, tout en jouant, observait Richard et sa sœur qui dansaient. Son expression ne disait pas s'il approuvait ou non. Mais la situation était plutôt étrange. Il ne fallait plus commettre l'erreur d'inviter si peu de monde à dîner quand Natalia souhaitait danser.

Si le bruit courait qu'elle et la princesse avaient disposé de quatre hommes pour elles seules pendant toute une soirée, les ragots ne tariraient pas.

Et Richard serait contrarié, car il détestait qu'on jase sur lui.

Mais nul n'était à l'abri de la curiosité des gens. Quoi qu'il en soit, Natalia alimenterait bientôt grand nombre de conversations dans la région. Elle était belle et se comportait très différemment d'une princesse classique. Elle était impulsive, disait toujours ce qu'elle pensait, vivait comme bon lui semblait.

D'un autre côté, le personnel l'appréciait. Les femmes de chambre la trouvaient très attentionnée. Mme Bell était ravie parce qu'elle n'arrêtait pas de pointer son nez dans la cuisine pour la féliciter de tel plat ou de telle pâtisserie.

Décidément, le prince et sa sœur étaient des gens charmants. Et tellement doués ! Meta ne pouvait que se féliciter de les avoir rencontrés.

Quand la danse se termina, elle alla au piano.

— Cet air était très joli. Il est russe ?

— En fait, il est de ma composition et je suis très flatté que vous l'appréciiez, répondit le prince.

— C'est magnifique. Vous devriez le faire publier. Je suis certaine que vous auriez un grand succès.

— Il me suffit d'en jouir moi-même et de partager mon plaisir avec mes amis, répliqua-t-il.

— C'est très égoïste. Quand on a la chance d'avoir un don, il n'est pas permis de le conserver sous clé.

Le prince se mit à rire.

— Voilà que vous me faites la leçon et, évidemment, je dois vous écouter. Mais je compose comme je joue, pour me faire plaisir. Et je n'ai aucune envie de me faire critiquer ou encenser par les foules.

— J'ai beaucoup à dire sur le sujet, mais le

moment est mal choisi. Pour l'instant, je ne dois pas vous détourner de votre envie de plaire à notre petite communauté. Je vous en prie, continuez.

Le prince éclata à nouveau de rire et se remit à jouer.

Lord Brookland invita Meta à danser. Alors qu'ils tournoyaient sur la piste, elle pensa à la conversation qu'elle venait d'avoir avec le prince. Sa propre attitude, décida-t-elle, ne correspondait pas vraiment à celle d'une jeune fille de la campagne, censée avoir peu d'esprit et n'avoir jamais lu un livre. Elle devait se surveiller davantage.

Mais comment arriver à paraître ce qu'elle n'était pas, alors qu'elle adorait tellement converser avec le prince? Il était si intelligent, si vif d'esprit... Le pari de jouer l'adorable idiote face à lui était impossible à tenir.

Cette soirée dansante improvisée dura près de deux heures. Jusqu'à ce que Richard annonce qu'il était temps que tout le monde aille se coucher et demande à leurs invités de bien vouloir se retirer.

A contrecœur, lord Brookland et Henry Thornton s'en allèrent en déclarant souhaiter une autre fête dans au maximum trois jours. Ils arrachèrent à Meta la promesse d'emmener Natalia dîner chez eux. Le prince et Richard étaient évidemment invités.

Quand les deux hommes furent partis, Richard dit à Natalia:

— Vous avez fait deux conquêtes.

— Seulement deux? demanda-t-elle.

Sa façon de le regarder disait clairement quelle réponse elle attendait.

— Vous êtes trop gourmande, répliqua Richard. Deux en une soirée seraient largement assez pour la plupart des jeunes filles.

— Mais pas assez pour moi.

Richard plaisantait, mais Meta savait que Natalia était sérieuse. Si la princesse tombait amoureuse de Richard, qui était chargé d'espionner son frère, cela compliquerait beaucoup les choses. L'atmosphère pouvait très rapidement devenir irrespirable. Peut-être était-ce déjà allé trop loin. Peut-être vaudrait-il mieux que le prince et sa sœur s'en aillent avant que le pire ne se produise.

Mais ils étaient tous pris au piège. Un piège que la Reine et le Premier ministre avaient tendu aux Russes. Cependant, les victimes pouvaient bien ne pas être celles qu'on attendait...

Meta monta se coucher en priant pour que le prince et Natalia soient bientôt lavés de tout soupçon. Alors, Richard pourrait annoncer au Premier ministre que toute l'opération n'avait été qu'une perte inutile de temps.

Elle pénétra dans le couloir où donnaient toutes les chambres. Elle vit le valet du prince sur le seuil de la chambre de son maître. L'expression de son visage lui parut effrayante. On aurait dit qu'il cherchait quelque chose ou quelqu'un, comme un mauvais intrigant. Que manigançait-il ?

Elle n'eut pas le temps de s'interroger davantage, car le prince arriva, et le valet se volatilisa presque simultanément.

Meta gagna sa propre chambre, sans pouvoir s'empêcher de penser à l'étrange comportement du valet. Elle était sûre que M. Bell avait raison. Il y avait quelque chose de vraiment bizarre dans la détermination de cet homme à rester près du prince.

Le lendemain, rien n'était prévu, ni réception, ni sortie. Elle décida qu'ils pourraient tout simplement passer une journée tranquille, en commençant par une promenade à cheval, suivie d'une visite du domaine.

Maintenant que Richard disposait d'argent, il avait hâte de voir les fermiers. Il voulait les aider de son mieux à améliorer leur rendement, à renouveler leurs stocks et à réparer leurs bâtiments. Il y avait énormément à faire.

Mais le prince accepterait-il de l'accompagner ? Richard n'en était pas sûr et il était hors de question qu'il le laisse seul.

Richard avait un autre problème : Natalia. Ses yeux s'illuminaient dès qu'elle l'apercevait. Il allait lui briser le cœur, pensait Meta. Mais que pouvait-elle y faire ?

Il serait mal avisé de sa part d'en parler directement à Natalia. Richard ne lui avait jamais confié ses histoires de cœur. Elle savait qu'il n'avait pas l'intention de se marier avant un certain âge.

Un jour, alors qu'ils avaient abordé le sujet, elle avait lancé en plaisantant :

— Tu pourrais épouser une héritière.

— Si tu crois que je veux être dépendant de ma femme, tu te trompes, avait répliqué Richard. Ces sortes de mariages sont toujours des échecs.

— Pourquoi ?

— Parce que c'est dégradant pour un homme d'avoir moins d'argent que sa femme. Et mon titre n'est pas assez important pour compenser mon incapacité à payer les charges.

Meta avait compris. Elle avait aussi deviné

qu'il avait eu beaucoup d'aventures avec des femmes mariées, de son âge ou un peu plus âgées que lui. En y réfléchissant, elle s'était dit que pour Richard la vie était un jeu. Il acceptait ce que le destin lui offrait, mais sans rien prendre trop au sérieux.

Les femmes aimaient sa compagnie, comme il appréciait leur beauté et leur expérience des choses de l'amour. Et quand il s'en allait, il n'y avait ni rancœur, ni reproches. Voilà la vie qui convenait à Richard.

Mais ce qui se passait à présent était bien différent. Natalia était très jeune et, malgré son apparence sophistiquée, elle n'en restait pas moins, pour un regard anglais, une sorte d'écolière.

Richard aurait vingt-neuf ans à son prochain anniversaire. Par bien des côtés, il paraissait plus mûr que son âge. Il avait beaucoup voyagé et avait rencontré énormément de gens distingués et intéressants. Meta était certaine qu'il ne pourrait jamais tomber amoureux d'une jeune fille aussi inexpérimentée et aussi jeune que Natalia. Mais le doute était toujours permis dans le domaine de l'amour...

Le pire était cette ombre pesant sur le prince et sa sœur. Cela rendait impératif le maintien d'une certaine distance entre Richard et eux. Il se pourrait bien qu'il doive finalement assumer la difficile tâche de les arrêter ou de les expulser du pays. Des rapports trop amicaux étaient donc peu souhaitables...

Meta repensa à la délicieuse prestation du prince au piano. Comment un homme jouant aussi divinement pouvait-il être un espion à la solde d'un être aussi détestable que le tsar Alexandre III ?

Voilà une question à laquelle elle était incapable de répondre, mais qui ne cessait de la tarauder, non seulement la nuit, quand elle avait tout le loisir de penser, mais aussi le jour.

Quand elle chevauchait aux côtés du prince, sa dextérité ne cessait de l'émerveiller. Il avait l'allure et la beauté d'un dieu de l'Olympe.

Il était fascinant, pensa-t-elle avant de sombrer dans le sommeil. Elle n'avait qu'une envie : que la nuit passe vite pour chevaucher encore à ses côtés.

Après une journée relativement calme, sans visites, Natalia exprima le souhait de jouer aux échecs dans la soirée.

— Vous jouez bien ? s'enquit Richard.

— Je vous lancerai un défi, et celui qui perdra devra donner un cadeau à l'autre, répondit-elle.

— Marché conclu.

Ils sortirent le jeu, qui était très ancien et comptait parmi les trésors légués par l'un de leurs ancêtres. Toutes les pièces étaient en ivoire, superbement taillé par un artiste chinois.

Natalia applaudit en le voyant.

— Nous avons les mêmes en Russie ! Je n'aurais pas cru en trouver un ici.

— Vous n'êtes pas très gentille, se plaignit Richard. L'Angleterre est fière de posséder de nombreux trésors du passé, mais peut-être ne sont-ils pas aussi précieux que ceux de chez vous.

Il avait l'air de lui faire un reproche, mais Natalia se mit à rire.

— Cessez d'être aussi solennel ! Et au lieu de

vous vanter de la beauté de votre jeu d'échecs, essayez plutôt de me battre.

Durant leur discussion animée, le prince, de façon inattendue, prit Meta par la main. Il l'entraîna hors du salon, et elle comprit qu'ils se dirigeaient vers la salle de bal.

— J'ai composé un air cette nuit, dit-il. J'aimerais que vous l'entendiez.

— J'en serai ravie. Est-ce une danse ?

— Ecoutez d'abord.

La salle était plongée dans l'obscurité, alors ils allumèrent quelques chandeliers. Puis le prince installa une chaise pour Meta, pas à côté de lui mais en face, avant de s'installer lui-même au piano.

— Je veux regarder votre visage pendant que je joue, dit-il. De cette façon, je saurai vraiment si cela vous plaît ou non.

Meta s'assit. Le prince commença à jouer très doucement. Sans qu'il ait eu besoin de le préciser, la jeune fille comprit qu'il avait composé ce morceau pour elle. Elle trouvait cette attention très flatteuse, mais il n'y avait pas que cela...

La musique était belle et émouvante. On aurait dit que le prince lui parlait, lui murmurait, même si cela semblait incroyable, combien il l'admirait et combien elle comptait pour lui.

Et puis... il y avait autre chose dans ce message musical, mais elle n'osait pas le formuler.

Il ne la quitta pas du regard pendant tout le temps qu'il joua. Intimidée, elle avait détourné le sien très vite. Mais elle n'en était pas moins consciente de ses yeux sombres posés sur elle.

Les accents de la mélodie semblaient pénétrer son corps et voyager jusqu'à son cœur. Puis les dernières notes s'égrenèrent doucement jusqu'au silence.

Il avait fini. Elle osa alors affronter son regard.

— Vous savez pourquoi j'ai écrit cette musique ? demanda-t-il.

— C'est très beau.

— J'essaye effectivement de traduire la beauté à travers ma musique.

— Eh bien, vous y réussissez magnifiquement. Comment pouvez-vous priver le monde d'une telle perfection ?

Les lèvres du prince se crispèrent légèrement.

— Je ne veux pas étaler mes pensées profondes en public. Ce morceau n'a été composé que pour vous et j'aime à croire que vous seule le comprenez.

Meta ne savait quoi répondre. Elle pouvait seulement le regarder et sentir son cœur battre à tout rompre dans sa poitrine. Aucun mot ne parvenait à sa bouche.

— Vous êtes très jolie, Meta, dit le prince d'une étrange voix. Trop jolie pour laisser l'âme d'un homme en paix. C'est pourquoi ce que j'ai composé pour vous ne sera jamais écrit, et je doute que ce soit jamais rejoué.

Il se leva et, devant les yeux étonnés de Meta, se dirigea droit à la porte-fenêtre donnant sur le jardin, et sortit. Il disparut dans la nuit, la laissant seule.

Elle ne bougea pas pendant quelques minutes, encore hypnotisée par la musique et ébahie du comportement du prince.

Comment pouvait-il avoir un tel effet sur elle ? Son être entier avait répondu à ce qu'il jouait. Une réaction venue du plus profond de son âme.

Peut-être parce qu'il était russe ? Mais elle savait que ce n'était pas la seule explication.

Elle regarda la fenêtre ouverte, se demandant s'il reviendrait. Mais elle savait que ce serait une erreur de sa part de l'attendre. Ils avaient tous deux été emportés dans une extase musicale. Et cet instant magique les avait laissés incapables de penser clairement et d'exprimer en paroles ce qu'ils avaient éprouvé.

Meta se leva et quitta la pièce. Elle espérait que le prince éteindrait les chandeliers quand il rentrerait. Penser à ce détail matériel lui fit comprendre qu'elle avait quitté le monde de rêve où il l'avait entraînée. Elle était désormais revenue à la réalité.

Il avait dit qu'il ne rejouerait jamais ce morceau et qu'elle ne l'entendrait jamais plus. C'était trop lourd de signification, si lourd que cela lui faisait oublier tous les problèmes et toutes les interrogations liés au prince.

Elle ne retourna pas au salon, même si elle était sûre que Richard et Natalia s'y trouvaient toujours. Lentement, elle se dirigea vers sa chambre. Puis elle alla à sa fenêtre et regarda les étoiles.

Quelque part dans le jardin, le prince faisait la même chose. Pourtant, instinctivement, ils savaient tous deux qu'ils ne pouvaient pas, ne devaient pas, contempler ensemble les étoiles.

Qu'était-il arrivé ? se demandait Meta. Elle connaissait parfaitement la réponse, mais n'osait pas se l'avouer.

A présent elle avait peur — peur pour le prince et pour elle-même. Mon Dieu, qu'éprouverait-elle si Richard était amené à le trahir pour le compte du Premier ministre ?

— Nous ne pouvons pas faire cela. Nous ne pouvons pas, murmura-t-elle.

Mais ils agissaient sous l'ordre de la reine. Si, comme le suspectait Sa Majesté, le prince représentait une quelconque menace pour l'Angleterre, comment Richard ou elle pourraient-ils trahir leur patrie ?

C'était inextricable. Un véritable cauchemar !

Elle enfouit brusquement son visage dans ses mains. Elle n'arrivait pas à regarder les étoiles sans entendre à nouveau cette merveilleuse musique qui se frayait un chemin vers sa conscience et, à sa manière, prenait possession de son corps.

Que faire ? Mon Dieu, que faire ?

La question tournait sans cesse dans sa tête, mais il n'y avait pas de réponse. Ni réponse, ni solution évidente.

Se détournant de la fenêtre, elle alla se jeter sur son lit. Elle n'avait pas pleuré depuis longtemps. Pas depuis la mort de sa mère. Maintenant les larmes venaient parce qu'elle avait non seulement peur pour le prince, mais peur de l'amour qui venait de naître.

5

La ronde des invitations commença. Meta n'avait plus une minute à elle. Les déjeuners, les dîners et les bals ne cessaient de s'enchaîner.

Chacun dans le Leicestershire voulait rencontrer le prince et la princesse. Le bruit courait qu'ils étaient absolument charmants et qu'il fallait à tout prix les connaître.

Mais Meta savait que ces gens avaient une autre raison de souhaiter venir chez eux : la plupart des habitants de la région avaient beaucoup aimé leurs parents et tenaient à leur prouver qu'ils ne les avaient pas oubliés.

Ce tourbillon d'activités avait cependant une conséquence négative pour Meta : elle n'avait plus la possibilité de s'entretenir en tête à tête avec le prince.

Ce matin-là, ils partirent essayer des chevaux. Richard avait trouvé un autre propriétaire prêt à se défaire de plusieurs étalons magnifiques.

— Vous devriez vous lancer dans l'élevage de juments, remarqua le prince.

Richard le regarda avec consternation.

— Nous n'en avons pas les moyens. Donnez-moi d'abord le temps de remettre le domaine en état.

Le prince avait manifestement envie de l'aider. Quand Richard s'en alla voir les fermes, il l'accompagna volontiers.

Meta mit un certain temps à comprendre que le prince l'évitait. Et cela la peina. Elle souffrait parce qu'elle avait désespérément besoin d'être avec lui et que personne ne pouvait le remplacer.

Elle avait toujours imaginé que l'amour viendrait à elle avec douceur, lentement, et serait merveilleusement magique. Au lieu de cela, elle était à fleur de peau, inquiète, nerveuse. La présence du prince était plus une douleur qu'un plaisir.

Que ferait-elle si elle devait le dénoncer ? n'arrêtait-elle pas de se demander. Assez bizarrement, il paraissait plus insouciant qu'il ne l'avait jamais été depuis son arrivée au manoir. Mais il n'était cependant pas question que Natalia et lui aillent à Londres. Les plaisirs de la campagne semblaient les combler.

Natalia avait incontestablement un énorme succès auprès des jeunes gens du comté. Meta avait l'impression que leur nombre croissait de jour en jour. Une fois qu'ils avaient dansé avec Natalia, ils se manifestaient d'une manière ou d'une autre dès le lendemain. Puis ils persécutaient leurs parents pour qu'à leur tour ils invitent les habitants du manoir.

Au milieu de toute cette agitation, le cœur de Meta se languissait du prince. Elle voulait être seule avec lui. Elle n'arrivait pas à comprendre pourquoi, après lui avoir avoué en musique ce qu'il éprouvait pour elle, il était devenu inaccessible.

« Pourquoi ? Pourquoi ? se demandait-elle. Qu'ai-je fait de mal ? Qu'ai-je dit de mal ? »

Les serviteurs du prince semblaient s'être intégrés sans difficultés aux autres membres du personnel. Abbey disait que Feodor avait du métier, et M. Bell n'avait pas à se plaindre de Serge. Ils ne causaient absolument aucun souci. Comme tout le monde dans la maison était très occupé par les réceptions, ils se fondaient parfaitement dans l'activité générale.

Le soir précédent, ils s'étaient rendus à une réception très réussie, organisée par les parents d'Henry. Environ cinquante personnes étaient présentes. Après le dîner, d'autres voisins les avaient rejoints pour danser dans le grand salon que l'on avait débarrassé de ses meubles pour l'occasion.

Grâce à la présence du prince et de sa sœur, ils étaient subitement invités chez des gens qui les ignoraient auparavant, avait pensé Meta en cherchant comment s'habiller pour cette soirée. Elle avait décidé qu'il lui fallait une nouvelle robe. Les fêtes se succédaient à un rythme si effréné qu'elle avait l'impression, malgré la garde-robe qu'elle s'était constituée, de porter toujours la même chose.

Elle eut un peu de mal à persuader Natalia de l'accompagner chez Mme Rosa. Natalia ne voulait plus quitter Richard d'une semelle. Celui-ci avait annoncé que le prince et lui iraient visiter les fermes les plus lointaines du domaine. Ils rendraient aussi visite à lord Waterton, qui avait des chevaux à vendre.

Richard fit tout son possible pour convaincre Natalia :

— Vous devez accompagner Meta et l'aider à choisir une jolie robe. C'est votre faute si on l'invite à tant de fêtes.

— Ce sont vos amis, rétorqua Natalia.

— Je le sais, mais c'est vous qui les attirez irrésistiblement, parce que vous êtes nouvelle dans la région.

— Juste parce que je suis nouvelle, ou parce que je suis moi ? demanda Natalia.

Les yeux de Richard pétillèrent de malice.

— Vous connaissez parfaitement la réponse à cette question.

— Mais je veux l'entendre de votre bouche, rétorqua-t-elle d'un ton proche de la provocation.

— J'ai le sentiment que vous devenez une enfant gâtée, déclara lentement Richard. Ce serait dommage, parce que, en arrivant de Russie, vous n'étiez pas si exigeante. Vous disiez merci aux petites faveurs qu'on vous accordait et vous n'en réclamiez pas de grandes.

Natalia lui fit une grimace.

— Maintenant vous êtes vraiment méchant avec moi, et vous ne l'étiez pas au début, lança-t-elle du tac au tac.

Richard la regarda avec une expression d'amusement que Meta trouva très révélatrice.

— Je ne serais jamais méchant avec une petite créature aussi vulnérable, dit-il doucement.

Puis il sortit rejoindre le prince qui l'attendait devant la porte avec les chevaux.

Pour une fois, Natalia ne le suivit pas. Elle resta simplement plantée là, l'air mélancolique.

Comprenant fort bien ce que Natalia éprouvait, Meta posa une main sur son bras.

— Venez. Puisque les hommes nous abandonnent, allons à Leicester dépenser leur argent. Au moins aurons-nous cette consolation.

— Je veux rester avec Richard, murmura Natalia.

— Vous découvrirez que les Anglais ont souvent des rendez-vous urgents quand ils pensent que les femmes sont ennuyeuses, dit Meta d'un ton léger.

— Votre frère ne me trouve pas ennuyeuse. Il croit que je suis encore une enfant, ce qui est très différent.

Sans attendre la réponse de Meta, elle se précipita dans sa chambre pour chercher son chapeau et son manteau.

Meta avait déjà commandé une voiture.

Quelques minutes plus tard, quand le cocher fouetta les chevaux, Natalia semblait déjà totalement remise de ses émotions.

Elle se mit à parler des vêtements qu'elles achèteraient et de ceux — nombreux — qu'elle avait laissés en Russie.

— J'en aurais bien emporté davantage. Surtout une ou deux robes qui auraient parfaitement convenu aux réceptions comme celle d'hier soir.

— Vous ne pouvez pas les envoyer chercher ? suggéra Meta.

Il y eut un court silence. Puis Natalia dit d'une étrange voix :

— Non ! Non ! C'est impossible.

Meta avait envie de demander pourquoi. Mais elle avait le sentiment qu'elle n'en avait pas le droit.

Un instant plus tard, Natalia se mit à papoter en français sur ses partenaires de la veille. Ils lui avaient fait promettre de leur réserver plusieurs danses la prochaine fois qu'ils se verraient.

— Je n'aime pas m'engager, dit-elle. C'est une grave erreur parce qu'on est moins disponible pour faire de nouvelles rencontres, peut-être plus intéressantes.

— Cela s'appelle être volage, dit Meta.

— Eh bien, pour moi, cela s'appelle choisir qui me plaît. Mais c'est avec Richard que je voudrais toujours danser.

Meta se demanda quoi dire. Puis, comme Nathalia attendait manifestement sa réaction, elle déclara :

— Richard a assisté à tellement de bals à Londres et au château de Windsor que je suis surprise qu'il trouve nos ébats enfantins si amusants.

Il y eut un silence, puis Natalia dit :

— S'il voulait aller à cette sorte de bals, pourquoi n'est-il pas à Londres ?

— Je peux facilement répondre à cela. Il ne peut pas se le permettre financièrement. Ce n'est que grâce au généreux loyer de votre frère que nous pouvons mener ce train de vie et apporter toutes ces améliorations au domaine.

— Oui, je sais, dit rapidement Natalia. Mais je trouvais Richard assez heureux… jusqu'aux deux derniers bals, où je l'ai pratiquement forcé à danser avec moi.

Elle avait l'air si malheureuse que Meta déclara :

— Je pense qu'il fait preuve de tact tout simplement parce qu'il estime que vous devriez fréquenter des jeunes gens de votre âge.

Alors même qu'elle prononçait ces paroles, elle ne se leurrait pas sur la vérité. Richard avait peur de tomber amoureux… et d'être aimé en retour.

« C'est si complexe, pensa-t-elle avec désespoir. Que puis-je y faire ? »

Elle aurait voulu en parler avec son frère, mais à quoi cela aurait-il servi qu'il admette être amoureux de Natalia et qu'elle lui avoue ses sentiments pour le prince ?

S'ils allaient voir le Premier ministre et lui disaient qu'ils renonçaient à espionner le prince, quelqu'un d'autre serait désigné à leur place pour accomplir la tâche. Plus elle réfléchissait à la situation, plus elle lui semblait empirer. Alors elle se força à ne plus penser et à parler de futilités tout le long du trajet.

Mme Rosa fut ravie de les accueillir et elle fut encore plus enchantée quand la princesse insista pour acheter deux robes très coûteuses. Elles mettaient en valeur ses cheveux noirs, sa peau blanche et ses yeux bleus.

Elle ne cessa de demander son avis à Meta durant l'essayage. Mais, à travers elle, c'était l'avis de Richard qu'elle cherchait... Les commentaires de quiconque d'autre ne l'intéressaient pas du tout.

Sur l'insistance de la princesse, elles allèrent ensuite acheter des cadeaux pour les deux hommes. Elles se rendirent dans une boutique qui faisait aussi librairie. Après avoir à peu près touché à tous les objets présentés, Natalia trouva, à sa grande joie, une ancienne gravure du manoir.

— Je sais que Richard l'appréciera, dit-elle.

— Je le pense aussi, acquiesça Meta.

C'était assez cher, mais elle se garda de faire ce genre de remarque. Elle trouva de son côté un bibelot pour le prince. C'était un minuscule piano de porcelaine. Un chaton était assis sur le dessus de l'instrument, écoutant apparemment la musique.

« Il pensera peut-être que c'est moi », songea-t-elle avec espoir.

Elle insista pour payer le cadeau, même si Natalia avait eu l'intention de tout régler.

— Vous payez pour Richard, et je paierai le cadeau pour votre frère, dit Meta. Je peux me le permettre, ne vous inquiétez pas.

— Vous êtes sûre ? Alexis m'a dit que je devais payer pour tout ce que je voulais et ne vous laisser en aucun cas régler une note.

— C'est très gentil de sa part, mais vous offrez un cadeau très coûteux à Richard et je peux parfaitement payer le prix de celui-ci.

— Très bien, concéda Natalia. Mais rappelez-vous que nous sommes très riches et que le moins que nous puissions faire est de partager une partie de notre fortune avec nos amis.

A ces mots, Meta ne put s'empêcher de poser la question qui lui brûlait les lèvres depuis longtemps.

— D'où vous vient une telle fortune ?

Il y eut un instant de silence avant que Natalia réponde :

— Mon père, après avoir épousé ma mère qui, vous le savez, était anglaise, s'est méfié du tsar. Il a donc investi une grande partie de son argent dans des pays étrangers. C'était très sage de sa part.

Meta écoutait attentivement.

— Mais ne parlons plus de la Russie, fit brusquement Natalia, comme si elle estimait en avoir déjà trop dit. Cela m'ennuie. Je vis en Angleterre maintenant et j'ai l'impression de devenir chaque jour un peu plus anglaise.

Meta se mit à rire, comme on rit devant une bonne plaisanterie. Mais elle était sûre, même si cela paraissait étrange, que devenir anglaise était exactement ce que voulait Natalia.

A leur retour, les deux hommes n'étaient pas encore rentrés. Elles eurent donc quartier libre jusqu'à l'heure du dîner. Ce soir-là, ils prenaient leur repas à la maison. Le lendemain soir, ils iraient chez le représentant de la Couronne, qui les avait conviés à dîner. Meta était sûre qu'il les invitait par curiosité. Il avait déjà dû entendre parler du prince et de la princesse !

Quand elles descendirent dans le salon, prêtes pour passer à table, les deux hommes, déjà changés, les attendaient. Elles leur donnèrent les cadeaux achetés à Leicester. L'une des femmes de chambre les avait enveloppés de papier de soie.

— Pourquoi n'avons-nous pas pensé à leur offrir un cadeau ? dit le prince à Richard en acceptant le sien des mains de Meta.

— Cela aurait été assez difficile, répliqua Richard. A moins de ramener un bébé cochon, un agneau ou une couple de poules !

Meta se mit à rire.

— Le cadeau aurait été original.

— Comme celui-ci, déclara le prince, qui venait de découvrir le petit piano en porcelaine de Chine.

Il l'examina, puis dit doucement :

— Merci, Meta. Je chérirai toujours cet objet.

— Tout comme je me rappellerai toujours de la musique que vous avez jouée pour moi, répondit-elle.

Leurs regards se croisèrent. Pendant un instant, ils restèrent figés, incapables de bouger. Puis, comme s'il s'arrachait de force à un charme, le prince se détourna. Il posa le petit piano sur l'une des tables.

Pour sa part, Richard avait l'air enchanté de sa gravure.

— Je ne l'avais jamais vue. Elle est très ancienne et vous avez eu du flair pour trouver une telle rareté.

— Je suis contente que cela vous fasse plaisir, répondit Natalia. Je n'ai aucun mérite. On aurait dit qu'une force inconnue me guidait vers quelque chose appartenant à votre univers.

— Peut-être, en effet, a-t-elle déjà fait partie des possessions du manoir. Et la voilà de retour.

— J'espère qu'elle vous fera penser à moi.

— Je penserai à vous chaque fois que je la regarderai, promit Richard.

M. Bell annonça le dîner. Une fois à table, le prince déploya tout son charme pour les amuser. Il leur raconta des anecdotes sur son enfance, leur parla des régions de la Russie qu'il avait visitées, y compris la Sibérie.

Meta remarqua qu'il ne mentionna pas une seule fois le tsar actuel. Pas plus qu'il ne semblait avoir la nostalgie de son pays. Elle brûlait d'envie de lui demander pourquoi il avait quitté la Russie. Mais cela aurait été par trop indiscret. De plus, il pourrait bien avoir l'intention de rentrer en Russie, dès la saison de chasse terminée.

Cependant, d'après ce qu'avait involontairement confié Natalia, Meta était à peu près sûre qu'ils avaient quitté leur pays définitivement. Si c'était vrai, alors le Premier ministre se trompait en croyant qu'ils étaient venus espionner sur le sol anglais.

Meta se perdait en conjectures et n'arrivait plus à démêler le plausible du peu probable...

Une fois passés au salon, ils continuèrent à rire et à discuter agréablement.

— Comment allons-nous distraire ces deux charmantes jeunes femmes ? demanda le prince à Richard.

Ce dernier était sur le point de répondre, quand M. Bell entra. Il se dirigea vers le prince et annonça :

— Votre Altesse, un homme vient d'arriver de Londres et il affirme qu'il veut vous parler sans attendre et que c'est très important.

— Un homme ! s'étonna le prince.

— J'aurais peut-être dû dire un gentleman, Votre Altesse, répliqua M. Bell. Mais, vu qu'il ne parle pas anglais, je n'ai pas pu savoir sa condition.

— De quelle nationalité est-il, à votre avis ?

— Peut-être bien russe, Votre Altesse. Mais je ne fais pas bien la différence entre les langues étrangères.

— Conduisez-le dans le bureau, monsieur Bell, dit Richard avant que le prince n'ajoute quoi que ce soit.

— Très bien, Monsieur Richard.

M. Bell sortit et Natalia rejoignit son frère.

— Qui est-ce ? lui demanda-t-elle. Et que veut-il ?

Elle avait l'air effrayée.

— Tout va bien, la rassura le prince. Je pense savoir qui c'est, et cela ne doit pas t'inquiéter.

— Tu es sûr ?

— Presque. Mais je vais m'en assurer tout de suite.

A la surprise de Meta, il se dirigea d'abord vers la table située dans un coin de la pièce. Il y avait là les restes du champagne et du vin du dîner.

Sans demander la permission, sans s'excuser non plus, il se remplit une coupe de champagne et la but d'un trait, comme les Russes boivent la vodka. Puis, toujours sans un mot, il traversa la pièce.

Richard regarda Meta. Elle comprit ce qu'il attendait d'elle. Il était impossible à Richard, sans que cela paraisse bizarre, de suivre le prince. Mais s'il restait avec Natalia, Meta, en revanche, pouvait s'éclipser en prétendant par exemple avoir oublié quelque chose dans sa chambre.

Avant l'arrivée du prince et de la princesse, Richard lui avait dit :

— Le Premier ministre nous a demandé de surveiller ces gens et de lui rapporter tout ce qui peut nous paraître étrange dans leur comportement.

— Ils ne vont sûrement pas se comporter « étrangement », avait-elle répondu. Mais j'imagine que le Premier ministre voudra surtout savoir ce qu'ils se disent, ou ce qu'ils disent à d'autres personnes.

— Surprendre leurs discussions sera difficile, car le manoir ne dispose pas de passages secrets, comme la plupart des anciennes demeures. Et si ces Russes sont des espions, ils vont être extrêmement prudents, et ne nous feront certainement pas de confidences.

— Non, mais ils parleront à leurs amis, s'ils en ont, avait rétorqué Meta.

— Pas en public.

Au bout d'un long silence, Richard s'était subitement exclamé :

— Nous avons tout de même une chance d'écouter ce que nous ne sommes pas censés entendre !

— Laquelle ?

— Tu sais que le bureau communique avec une antichambre.

— La pièce que nous n'utilisons jamais parce que le papier peint part en lambeaux et que nous n'avons pas les moyens de la faire retapisser.

— Exactement. C'est pourquoi personne ne penserait à y aller.

Meta l'avait regardé avec circonspection.

— Que suggères-tu ?

— Je dis juste que si deux personnes discutaient dans le bureau, on pourrait les entendre depuis l'antichambre sans qu'on se doute de notre présence.

— C'est vrai. Je n'y avais pas pensé. Il faudra que j'huile les gonds de la porte pour qu'elle ne grince plus.

— Il faudra surtout que tu sois très, très prudente. Ils ne doivent pas imaginer une seule seconde que tu parles le russe. C'est parce que je connais cette langue que le Premier ministre m'a confié cette tâche — si on peut appeler cela ainsi.

— En tout cas, c'est très dangereux, et je me serais bien passée de cette sorte de « tâche ».

Son frère avait levé les mains.

— Comment aurais-je pu refuser ? Un ordre direct de Sa Majesté...

— Bien sûr, tu dois accomplir ton devoir. Mais je trouve tout de même dégradant d'être une espionne. Pour moi, cela évoque l'image du serviteur épiant par le trou de la serrure.

Richard avait ri à cette remarque. Et il avait enlacé Meta.

— Fais juste ce que tu pourras. Moi, je me chargerai du sale boulot, et espérons que toute cette histoire n'aura été que « beaucoup de bruit pour rien » et que nous ne découvririons rien.

Maintenant, Meta en était réduite à faire « le sale boulot » à la place de Richard. Et elle avait peur.

— Je vais chercher un mouchoir que j'ai oublié dans ma chambre, annonça-t-elle.

Personne ne répondit. De toute façon, Natalia n'avait d'yeux que pour Richard. Meta aurait aussi bien pu ne pas exister...

Elle referma la porte, puis traversa rapidement le couloir, dépassa le bureau et pénétra dans l'antichambre. L'endroit était obscur parce que les rideaux avaient été tirés. Mais la jeune fille pouvait se diriger les yeux fermés dans toutes les pièces du manoir. Elle alla donc jusqu'à la porte communiquant avec le bureau.

Comme elle avait oublié d'huiler les gonds, elle prit garde de faire le moins de bruit possible en l'entrouvrant.

Elle entendit immédiatement les voix, même si les deux hommes parlaient très doucement en russe.

Les premiers mots du prince qu'elle réussit à saisir furent :

— Qu'allons-nous faire ?

— Il faut l'éliminer, Votre Altesse, répliqua le visiteur. Et le plus vite possible.

— Ce sera dangereux.

— Je le sais, mais il faut le faire.

— Alors je suggère que...

Le prince baissa encore le ton, et Meta n'entendit plus rien. Elle colla son oreille contre la porte. Mais la voix du prince était très grave et il murmurait toujours. Elle ne parvenait pas à comprendre les rares mots qu'elle arrivait à capter.

C'était très frustrant. D'autant que ce qu'elle avait déjà entendu l'avait effrayée. Qui étaient-ils sur le point de tuer? Pourquoi était-ce si essentiel?

Elle décida qu'il était inutile de se poser ces questions pour l'instant. Mieux valait essayer de comprendre la suite de leur conversation. Mais elle entendit le bruit d'une chaise qu'on reculait. Le prince avait dû se lever, de même que son visiteur.

— Je laisse pour le moment tout ceci entre vos mains, Boris, déclara le prince. Je crois savoir ce que je dois faire et je vous tiendrai au courant de ma décision, dès que je l'aurai prise.

— Votre Altesse sait où me trouver.

— Oui, bien sûr. Et merci. Je vous suis très reconnaissant.

— Je suis venu aussi vite que j'ai pu, Votre Altesse.

— Ce qui nous laissera un peu de temps. Permettez-moi maintenant de vous offrir un rafraîchissement avant que vous ne repartiez.

— Je m'arrêterai à la première auberge, répondit son visiteur. Je ne veux pas provoquer la curiosité de vos hôtes.

— Evidemment... Vous avez raison.

Il dut lui tendre la main car il ajouta:

— Merci encore et ne prenez aucun risque avant que je ne vous recontacte. Mais je crains que votre solution ne soit la seule réponse possible.

— Il n'y a pas d'autre moyen, Votre Altesse, renchérit le visiteur. Il doit mourir, un point c'est tout. Nous ne pouvons pas nous permettre de prendre le moindre risque.

— Certainement pas.

Il avait dû atteindre la porte, car Meta l'entendit s'ouvrir. Puis elle perçut le bruit de leurs pas le long du couloir. Ils se dirigeaient vers le hall d'entrée. Elle attendit. Quand elle estima que le visiteur avait eu le temps de monter dans sa voiture, elle se glissa hors de l'antichambre et courut dans la direction opposée à la leur.

Un escalier annexe conduisait au premier étage. Elle alla dans sa chambre, prit un mouchoir et le garda en main pour que tout le monde puisse le voir.

Puis elle redescendit lentement et regagna le salon. A sa surprise, Natalia et Richard y étaient encore seuls. Assis très près l'un de l'autre, ils discutaient. Ou plutôt, Natalia parlait à Richard avec ferveur...

— Où est votre frère ? lui demanda Meta. Est-il toujours avec son visiteur ?

— Je n'en ai aucune idée, répondit Natalia. Si cet homme est russe, ils ne sont pas près de s'arrêter de parler. Parler, parler, pour finalement n'aboutir à rien.

— Quel aboutissement espérez-vous ? demanda Richard.

— Quelque chose de passionnant, répondit la jeune femme. Comme danser avec vous ou sauter les plus hauts obstacles.

Richard éclata de rire.

— Vous exigez beaucoup trop.

— Rien que vous ne puissiez me donner, répondit-elle.

A cet instant, la porte s'ouvrit et le prince apparut. Un seul regard suffit à Meta pour comprendre que son humeur avait totalement changé. Il n'était plus celui qui avait plaisanté et ri tout au long du dîner. Une étrange lueur habitait son regard. Des plis s'étaient creusés aux coins de ses lèvres.

Meta était peut-être la seule à remarquer ces modifications. Car elle était la seule à avoir entendu qu'il était question d'assassiner quelqu'un…

Qui était donc sous cette menace de mort ? Le Premier ministre ? Le secrétaire d'Etat aux Affaires étrangères ?

Cependant, si le prince était un assassin, Richard et elle devraient apporter la preuve de son crime, quelles que soient son habileté et sa discrétion à commettre un tel acte.

A ce stade de sa réflexion, Meta comprit à quel point elle aimait le prince. Quoi qu'il fasse, même le plus impardonnable des crimes, elle ne le dénoncerait pas. Et pour commencer, elle ne révélerait pas à Richard ce qu'elle avait entendu depuis l'antichambre.

Si elle le faisait, le devoir obligerait son frère à en informer immédiatement le Premier ministre…

Une vague irrépressible la poussait à être solidaire du prince. Plus elle le regardait, plus elle était certaine de ne jamais parvenir à agir contre lui.

« Je vous aime…, murmura-t-elle au fond de son cœur. Si je vous détruis, je n'aurais plus de raison de vivre. »

C'était tellement clair au fond d'elle-même ! Elle devait protéger le prince, même contre Richard.

N'ayant jamais connu l'amour auparavant, elle

avait au début lutté contre les sentiments qu'il lui inspirait. Contre son propre instinct qui lui soufflait que c'était cela l'amour. L'amour qu'elle avait tant de fois rencontré dans les livres, dont elle avait rêvé et qu'elle avait espéré connaître un jour.

Mais pas de cette manière.

Elle était confrontée à une décision terrible : être fidèle à sa patrie ou à l'homme à qui elle avait donné son cœur.

« Que vais-je faire ? Oh mon Dieu, dites-moi quoi faire ? »

La voix apparemment détachée de son frère la tira de ses pensées.

— Votre visiteur est-il parti ? demanda-t-il au prince qui était allé se servir une autre coupe de champagne.

— Oui, il est parti, répondit le prince, l'air terriblement absent.

— Nous aurions au moins dû lui offrir un rafraîchissement, poursuivit Richard.

— Il était pressé.

Le prince vida sa coupe et la posa. Puis il retraversa la pièce et ouvrit la porte.

— Je vous prie de m'excuser, dit-il. J'ai mal à la tête et je vais me coucher. Bonne nuit.

Il avait fermé la porte avant que Meta puisse réagir d'une quelconque façon. Elle aurait voulu l'arrêter, lui parler. Mais il était déjà monté et son valet était auprès de lui. Impossible de le suivre...

Elle alla à une fenêtre et ouvrit les rideaux pour regarder les étoiles. Etait-il possible, alors qu'ils semblaient si heureux, qu'une telle bombe vînt tout faire voler en éclats ? Fini le temps de la sérénité, fini le temps des rires et des fêtes, le temps de l'innocence... Le prince avait l'intention de tuer quelqu'un.

Ce qui signifiait, très probablement, qu'il devrait se rendre à Londres. S'il réussissait sa funeste mission, sans aucun doute sous des ordres russes, il retournerait sûrement d'où il était venu. Et s'il était pris, il serait sûrement jugé et pendu pour meurtre.

« Je dois le sauver à tout prix », se dit Meta.

Mais elle se sentait impuissante, inutile. Que pouvait-elle faire ?

Elle savait seulement qu'elle aimait le prince de tout son cœur, de toute son âme et de tout son corps. Et si, par malheur, il venait à mourir, elle espérait que la mort voudrait bien d'elle aussi.

6

Après une nuit agitée, Meta fut soulagée de voir enfin le jour se lever. Sautant de son lit, elle se prépara pour la promenade matinale à cheval.

Elle se demanda comment serait le prince ce matin-là. Aussi sombre que la veille, sûrement...

Une fois prête, elle sortit et croisa Natalia dans le couloir. Ensemble, elles descendirent dans le hall, où Richard les attendait.

— Où est Alexis ? demanda Natalia.

— On m'a dit qu'il était déjà debout, répondit Richard. Je suppose qu'il est à l'écurie.

Ils s'y dirigèrent.

C'était une très belle journée ensoleillée. Les canards barbotaient dans le lac et les oiseaux volaient joyeusement d'arbre en arbre.

Le prince ne se trouvait pas à l'écurie, du moins pas à première vue.

— Mon frère est-il là ? demanda Natalia à Abbey, devançant la question de Richard.

— Il est venu très tôt, Votre Altesse, répliqua Abbey. Vers six heures, je crois.

Meta et Richard échangèrent un regard, mais ne firent aucun commentaire.

Alors qu'ils s'éloignaient à cheval, Natalia déclara :

— Nous allons le rattraper. Il a sûrement suivi le parcours habituel.

Ils traversèrent au galop la rase campagne, sautèrent la barrière et se dirigèrent vers le bois que l'on apercevait dans le lointain.

Toujours pas de signe du prince.

Ils chevauchèrent très longtemps. Meta et Natalia continuaient de scruter l'horizon, espérant l'apercevoir. Mais il n'y avait de cavalier nulle part en vue.

Finalement, Richard annonça qu'ils devaient rentrer, car il avait un rendez-vous.

— Nous allons le trouver en train de dévorer tout le petit déjeuner et de se demander ce qui nous est arrivé, dit Natalia d'un ton encourageant alors qu'ils approchaient du manoir.

Mais elle se trompait. Le prince n'était pas au manoir et il n'avait pas paru à la table du petit déjeuner.

Richard alla parler à son valet et les deux jeunes filles montèrent à l'étage. Meta brûlait de demander à Natalia comment elle expliquait la disparition de son frère. Mais elle était pratiquement sûre, avec ce qu'elle avait entendu la veille, d'en savoir plus que Natalia elle-même.

Elles regagnèrent chacune leur chambre pour se changer. Meta choisit une robe légère car la journée s'annonçait chaude. Elle attachait la large ceinture à nœud autour de sa taille quand la porte s'ouvrit devant Richard. Avant qu'il ait ouvert la bouche, elle comprit qu'il était venu lui dire quelque chose d'important.

— Qu'y a-t-il ? demanda-t-elle.

— J'ai besoin de te parler, Meta, parce que je suis inquiet.

— Au sujet du prince ?

— Evidemment. Tu as vu ce qui s'est passé hier soir et son changement de comportement, après la visite de cet homme.

— Peut-être a-t-il reçu de mauvaises nouvelles.

— C'est justement ce qui m'inquiète.

Elle était assise à sa coiffeuse. A sa surprise, Richard amena une chaise près d'elle et s'y installa. Puis il baissa la voix, comme pour lui confier un secret.

— Je suis inquiet... très inquiet.

Meta le regarda, les yeux agrandis de curiosité et d'appréhension. Elle savait pertinemment qu'elle devait lui rapporter ce qu'elle avait entendu. Mais elle ne pouvait pas s'y résoudre.

— Les Russes sont des gens très bizarres, reprit Richard. Par conséquent, quoi qu'il arrive, je dois te protéger.

— Moi ? Pourquoi moi ?

Son frère détourna le regard, et elle comprit qu'il essayait de déterminer quoi dire et quoi taire.

— Dis-moi la vérité, dit-elle. Je sais que tu me caches quelque chose.

— C'est juste que je m'inquiète pour toi, répondit-il lentement. J'ai peur que tu ne te retrouves impliquée dans une situation qui ne devrait concerner que moi.

— Je ne comprends pas...

Il y eut un nouveau silence, durant lequel Richard chercha à nouveau ses mots.

— J'avais un ami français, dit-il enfin. Il était chargé de découvrir ce que les Russes faisaient dans les Balkans. Il pensait qu'ils ignoraient sa véritable identité et le prenaient pour un touriste quelconque.

— Et... que s'est-il passé ? demanda Meta.

— Ils étaient plus au courant qu'il ne l'imaginait. Ils ont kidnappé son épouse.

— Son épouse ! Qu'avait-elle à voir là-dedans ?

— Rien. Absolument rien. Ils l'ont enlevée et ont menacé de la torturer.

Meta poussa un cri d'horreur.

— C'est affreux ! Qu'a fait ton ami ?

— La seule chose possible en de telles circonstances. Il a dit aux Russes ce qu'ils voulaient savoir. Ils ont libéré son épouse et il est rentré chez lui.

Richard garda le silence un moment et Meta comprit instinctivement que l'histoire ne s'arrêtait pas là. Elle attendit.

— En arrivant à Paris, poursuivit Richard, il a appris que les deux Français dont les Russes lui avaient extorqué les noms avaient été assassinés. Alors il s'est suicidé.

— Oh Richard, quelle terrible histoire ! Tu penses... qu'ils pourraient... faire la même chose avec moi ?

— Je m'attends à tout quand la Troisième Section est impliquée, répondit-il. Je vais donc te donner quelque chose qui te protégera en cas d'urgence.

Complètement abasourdie, Meta garda le silence. Richard sortit deux objets de sa poche. Il leva le premier et elle vit une petite bouteille soigneusement scellée.

— C'est une drogue, dit-il. Mélangée à n'importe quelle boisson, elle rend inconscient pendant trois ou quatre minutes après absorption.

Un frisson parcourut Meta. Ciel, elle se sentait incapable de droguer quelqu'un !

Richard posa le flacon. Puis il montra un autre objet, rond et à peu près de la taille d'un souverain d'or.

— Ceci est bien plus sérieux, mais je veux que tu ne l'utilises qu'en cas d'extrême urgence, si tu n'as pas d'autre choix.

— Qu'est-ce que c'est ?

Pour l'instant, elle ne voyait qu'une simple pièce de monnaie. Lorsque Richard la posa à plat dans sa paume, elle vit qu'il y avait une minuscule protubérance en son centre.

— C'est une nouvelle invention des Russes, dont ils gardent précieusement le secret.

— Et pourtant tu l'as.

— Elle m'a été donnée par un ami qui a abandonné une mission en cours et qui l'avait trouvée par inadvertance lors d'une fouille chez un suspect.

— A quoi cela sert-il ?

Cela semblait trop petit pour avoir une véritable utilité.

— En appuyant sur cette petite bosse, tu libères un poison fulgurant.

Meta regarda la petite protubérance et espéra ne jamais avoir à appuyer dessus.

— Les victimes ne sentent qu'un léger picotement, comme la piqûre d'un insecte, et le poison — ceci est une précision très importante — n'agit que deux ou trois minutes après avoir été injecté.

— Deux ou trois minutes, murmura Meta.

— Ce qui laisse le temps de s'éloigner de la victime et d'être à l'abri de tout soupçon.

— Et qu'arrive-t-il à la victime ?

— Elle tombe raide morte ! J'ai eu une fois

l'occasion de le voir de mes yeux, et c'est vraiment ahurissant. L'homme est mort sans un cri, et apparemment sans douleur. En fait, j'ai d'abord cru qu'il s'était brusquement endormi.

— Mais il était mort, dit Meta, comme si elle ne pouvait pas y croire.

— Le poison l'avait tué et, dans ce cas particulier, c'était un sacré soulagement.

— Et tu veux... que je garde ces deux choses.

— Je veux que tu les aies à ta disposition pour te protéger. Je ne veux pas que cela soit source d'inquiétude pour toi. Mais tant que je ne te dirai pas qu'ils ne sont plus nécessaires, tu devras les avoir toujours avec toi.

Meta avait envie de protester, mais elle savait que cela n'aurait fait que contrarier Richard. Elle était quasiment certaine de ne jamais avoir besoin de ces terribles armes. Mais, si cela pouvait l'empêcher de s'inquiéter pour elle, elle obéirait à ses instructions.

Richard mit la petite pièce dans une minuscule boîte. En la refermant, il dit :

— Sois très prudente en la maniant. Si tu te piques, tu sais ce qui arrivera.

— Je ferai très attention, promit Meta. Je t'assure que je n'ai aucune envie de m'en servir.

— Et je prie pour que la nécessité ne se présente pas. Mais je suis responsable de toi et je suis inquiet, très inquiet, au sujet du prince.

Meta comprenait parfaitement, car elle ressentait la même chose. Alors que Richard se levait pour partir, elle se dit qu'elle ne souhaitait pas l'inquiéter plus qu'il ne l'était déjà.

— Et Natalia ? dit-elle alors qu'il se dirigeait vers la porte.

— Je suis sûr que le prince la protégera, répondit vivement Richard.

— S'il le peut. Mais il me semble que tu devrais la protéger elle plutôt que moi.

Richard se refusa à engager une discussion sur ce sujet.

— Mets de côté ces objets et n'y pense plus, dit-il en se retournant pour la regarder.

Puis il s'en alla, laissant Meta à ses interrogations et à ses craintes.

Elle mit le flacon et la petite boîte dans son sac à main. C'était l'endroit le plus sûr. Sa femme de chambre n'oserait jamais regarder dans son sac.

Puis elle descendit et on lui annonça que Mme Bell voulait lui parler. Dans la cuisine, elle trouva Mme Bell fort préoccupée, ne sachant quels soirs ils sortaient dîner et quels soirs ils restaient au manoir.

— Je dois faire ma commande au boucher, dit-elle. Alors je voudrais savoir si vous attendez des invités et combien.

Meta lui communiqua leur emploi du temps pour les jours à venir. Mais elle se demandait s'il n'allait pas falloir le changer complètement. Pourquoi le prince avait-il disparu ? Avait-il une décision difficile à prendre, et avait-il préféré chevaucher seul pour réfléchir ?

Mme Bell la retint un bon moment avec toutes ses questions. Puis Meta regagna la maison. De l'entrée, elle aperçut Richard et Natalia dans le jardin. Ils avaient traversé la pelouse et, le soleil devenant très chaud, cherchaient manifestement l'ombre des arbres.

Un banc se trouvait à la lisière du massif d'arbustes, d'où l'on jouissait de l'une des vues préférées de lady Lindley. Elle donnait sur un champ qui descendait vers la rivière et remontait doucement de l'autre côté. Au sommet de cette petite colline se trouvait une statue de l'arrière-grand-père de Richard. C'était ravissant. Le soleil faisait scintiller la surface de la rivière et les milliers de fleurs sauvages formaient autant de tâches blanches, dorées et roses dans les champs.

— C'est adorable ! s'exclama Natalia. Pourquoi ne m'avez-vous pas emmenée ici plus tôt ?

— Il y avait tant d'autres choses à faire. Je veux que vous ayez tout vu avant de partir.

Natalia sursauta.

— Avant de partir ! Que voulez-vous dire ? Qui parle de partir ?

— J'espère que je me trompe, mais je pense que votre frère a reçu de mauvaises nouvelles hier soir. Cela signifie peut-être que vous retournerez en Russie.

Natalia poussa un cri d'horreur.

— Non ! Non ! Nous ne pouvons pas rentrer. Je ne veux pas partir d'ici.

— Et Meta et moi ne voulons pas vous perdre. Mais votre frère sera peut-être d'un autre avis.

Natalia resta de marbre, puis elle dit d'une voix presque étranglée :

— Je... ne peux pas partir. Je ne m'en irai pas d'ici... quoi que dise Alexis.

Richard comprit qu'elle souffrait profondément. Sans s'en rendre compte vraiment, il se rapprocha d'elle.

— Je ne souhaite pas vous tourmenter, dit-il doucement. J'avais simplement peur que le visiteur d'hier soir n'ait apporté de mauvaises nouvelles à votre frère.

— Moi aussi, avoua Natalia. Mais quand je

suis montée lui parler dans sa chambre, sa porte était fermée.

Richard parut surpris.

— Est-ce une habitude chez lui ?

— Non, pas depuis que nous sommes ici. Seulement en Russie parce que...

Elle s'arrêta, craignant manifestement d'en dire trop.

Puis, fixant un point invisible devant elle, elle déclara :

— Je suis si heureuse ici.

— Et nous sommes très heureux de vous avoir chez nous.

— Je veux rester avec vous, murmura-t-elle.

Il y eut un silence, puis Richard déclara :

— Si votre frère devait s'en aller, bien que je n'imagine pas pourquoi il le devrait, je pense qu'il voudra que vous le suiviez.

— Je ne l'accompagnerai pas ! Sous aucun prétexte.

Elle bondit sur ses pieds, comme si elle allait brusquement se précipiter vers la rivière.

Richard se leva aussi.

— Je suis sûr que vos craintes ne sont pas fondées... commença-t-il.

Avant qu'il ait pu terminer, Natalia se retourna et se jeta contre lui.

— Je veux rester ici ! Je vous aime... Je vous aime éperdument !

Comme elle s'accrochait à lui, Richard l'enlaça instinctivement. Puis il baissa les yeux sur son beau visage aux yeux effrayés.

— Oh mon Dieu ! murmura-t-il.

Et ses lèvres touchèrent les siennes. Il l'embrassa parce que c'était plus fort que lui. Et le corps de Natalia semblait se fondre au sien. Il l'embrassa passionnément, presque sauvagement, comme sous la pulsion d'un désir depuis longtemps refoulé.

Il avait longtemps lutté contre les sentiments qu'elle lui inspirait. Chaque nuit, quand le sommeil le fuyait, il s'était répété inlassablement qu'elle n'était encore qu'une enfant.

Mais il savait maintenant, alors qu'il l'embrassait, qu'elle était une femme. Une femme capable de donner et de recevoir le plus merveilleux des plaisirs.

Il l'embrassa encore, et encore... Puis, d'une voix aussi ténue que le pépiement d'un oiseau, Natalia murmura :

— Je vous aime... je vous aime... et je ne vous quitterai jamais.

— C'est de la folie, ma chérie, essaya-t-il de la dissuader.

— Une merveilleuse folie, dit-elle. Vous m'avez embrassée... et c'est ce que je désirais depuis le premier jour.

— J'ai tenté de vous dire que j'étais trop vieux pour vous...

— Seriez-vous Mathusalem... je vous aimerais quand même. Je vous en prie... je vous en prie, Richard, voulez-vous m'épouser ?

Il éclata de rire et la serra plus fort.

— C'est moi qui devrais vous demander cela.

— Mais je ne peux pas attendre, parce que j'ai si peur que... vous me quittiez ou... me renvoyiez. Alors que tout ce que je souhaite, Richard, c'est rester près de vous, éternellement.

En l'entendant prononcer ces paroles, Richard comprit que c'était aussi son souhait. Il avait essayé de ne pas aimer cette adorable créature qui personnifiait tous ses rêves. Il savait maintenant qu'il n'y avait pas d'autre solution pour eux que de s'aimer. Ce qu'ils éprouvaient l'un pour l'autre était l'amour qu'il avait toujours cru irréel, inventé de toutes pièces par l'imagination des poètes.

Oui, cet amour était bien réel. Il n'aimait pas seulement Natalia parce qu'il la désirait, mais parce que, d'une façon inexplicable, elle semblait être l'autre part de lui-même.

N'importe qui se moquerait d'un homme de son âge croyant qu'une aussi jeune fille pouvait le combler. Cependant, Natalia était si différente des jeunes Anglaises que, sur bien des points, elle semblait avoir le même âge que lui.

Il savait que ses origines lui avaient donné cette profondeur de sentiments caractéristique des Russes. Chez ce peuple, l'amour faisait tellement partie de leur être qu'on ne pouvait le comparer à aucune autre conception de l'amour dans le monde.

Natalia nicha sa tête contre son épaule et susurra :

— Vous n'avez pas répondu à ma question.

Il baissa vers elle un regard d'une infinie tendresse.

— Comment pourrais-je refuser ? Je vous lierai à moi avec toutes les promesses et tous les serments de l'univers. Je vous jure, ma chérie, que je ne vous laisserai jamais me quitter. Si un autre homme ose seulement vous regarder, je le tuerai.

Natalia laissa échapper un rire léger.

— C'est exactement ce que je voulais entendre. Oh, Richard adoré, nous allons être très heureux et je serai docile et douce tant que vous ne cesserez pas de m'embrasser.

Elle lui tendit ses lèvres. Alors Richard l'embrassa de nouveau. Ce fut un baiser exigeant, possessif, mais Richard savait aussi qu'il protégerait cette exquise créature de tout ce qui pourrait la blesser. Il se battrait par tous les moyens pour conserver leur amour intact, à l'abri des vicissitudes de la vie.

Il se passa un long moment avant que Richard et Natalia ne rentrent à la maison. A leur arrivée, Meta, qui était en train d'écrire une lettre sur le bureau du salon, leva les yeux.

— Où étiez-vous passés ? demanda-t-elle.

En voyant leurs visages rayonnants de bonheur, elle comprit tout de suite.

— Qu'est-il arrivé ? Vous avez l'air transformés.

Natalia courut vers elle.

— Oh, Meta, je suis si heureuse ! Richard va m'épouser. C'est le plus merveilleux jour de ma vie !

Meta retint de justesse un cri de stupeur.

— Vous épouser, répéta-t-elle, comme si elle ne pouvait pas le croire.

— Tu dois me féliciter, Meta, dit Richard. Je t'avais dit que je ne me marierais pas de sitôt, mais j'ai trouvé Natalia et c'est la femme de ma vie.

Meta laissa enfin sa joie s'exprimer.

— C'est magnifique ! Je sais que vous serez très heureux ensemble.

Elle regarda Natalia.

— Et je suis sûre que Richard veillera sur vous et vous protégera.

Elle se leva pour les embrasser. Puis, faisant preuve de tact, elle prétendit avoir quelque chose à faire en haut et les laissa seuls. Une fois dans le couloir, elle se dit que mariés, Richard et Natalia ne voudraient sûrement plus vivre au manoir. Comme n'importe quel jeune couple, ils souhaiteraient avoir leur intimité. Le prince et elle devraient donc trouver un autre endroit pour vivre…

Un petit frisson la parcourut quand elle pensa au prince. Si la situation était trop grave pour lui — et d'après ce qu'elle avait entendu, cela en avait l'air —, insisterait-il pour s'en aller et emmener Natalia avec lui ?

Elle n'avait vu Richard qu'un court instant, mais cela lui avait suffi pour savoir qu'il était métamorphosé. Le pouvoir de l'amour avait agi sur lui. C'était évident.

« Ils sont heureux, pensa-t-elle. Un bonheur que je ne connaîtrai jamais. »

Elle savait, pour son désespoir, que le prince ne lui demanderait pas sa main dans une période aussi sombre de sa vie. De toute façon, il n'en avait pas été question, même avant les mauvaises nouvelles de la veille au soir…

C'était si effrayant de le penser mêlé à un meurtre… de l'imaginer en train de tuer quelqu'un. Toute à ses angoissantes préoccupations, Meta se dirigea, comme une somnambule, vers le salon de musique. Elle ouvrit la porte, espérant de tout son cœur un miracle à cet instant-là : que le prince soit assis au piano.

Mais il n'y avait personne. Vide, la grande pièce paraissait encore plus vaste. On entendait juste le léger bourdonnement d'une abeille.

Meta songea à ce que lui avait donné Richard. Devait-elle donner le poison au prince pour qu'il l'utilise contre la personne qu'il devait éliminer ? se demanda-t-elle. Mais aussitôt, ses propres pensées l'horrifièrent. Comment pouvait-elle envisager de participer à quelque chose d'aussi abominable qu'un meurtre, même s'il s'agissait de tuer le plus monstrueux des hommes ?

D'un autre côté, elle voulait absolument aider le prince. Mais pouvait-elle l'aider à exécuter un ordre dicté par la Russie, l'ennemie de son pays ?

Oppressée, elle ouvrit l'une des grandes fenêtres. L'abeille prisonnière en profita pour filer. En la regardant voleter vers les fleurs, elle envia sa liberté. Car au lieu de l'insouciance à laquelle elle aspirait, elle se trouvait au centre d'un effrayant complot, qui déboucherait certainement sur un crime.

Contre qui ce complot avait-il été monté ? Elle l'ignorait. Pourtant, elle était impliquée et elle avait terriblement peur que cela porte tort au prince, et que cela finisse même par le détruire.

Le bonheur qu'elle venait de voir briller dans les yeux de Richard et Natalia risquait aussi d'être brisé. Comment son frère, le douzième baronnet de l'une des plus anciennes familles d'Angleterre, pourrait-il épouser la sœur d'un ennemi de leur patrie ?

Ces pensées tournèrent inlassablement dans sa tête, au point qu'elle crut devenir folle. Puis elle se mit instinctivement à prier. Pas l'âme de sa mère, comme à son habitude, mais celle de son père.

« Aidez-moi, père. La situation n'est sûrement pas aussi grave que je le crains, mais j'ai si peur. Ces intrigues peuvent avoir de terribles conséquences. Vous avez assez longtemps évolué dans ce milieu pour le savoir. Je vous en prie, sauvez le prince, parce que je l'aime. »

Son père aurait-il considéré le prince comme un ennemi ? se demanda-t-elle alors même qu'elle priait. Si ce qu'elle suspectait était juste, Richard adopterait sûrement cette position.

Envisager que leur bonheur tombe en ruine était si angoissant qu'elle se mit à arpenter nerveusement la piste où ils avaient tant de fois dansé. Elle n'arrivait pas à tenir en place. Mais faire les cent pas ne lui apporta pas plus de réponses à ses questions que d'échos à ses prières. Alors, elle retourna au salon.

— Cette situation est incroyable, déclara Richard. Où que soit allé le prince, il devrait être de retour maintenant. A moins, bien sûr, qu'il ne lui soit arrivé quelque chose.

— Etes-vous en train de suggérer qu'il a pu avoir un accident de cheval ? demanda Natalia.

— Il a peut-être raté un saut. Lui ou son cheval sont peut-être blessés.

— Alexis n'a jamais rien fait d'aussi ridicule que surestimer les capacités d'un cheval ou de tomber de sa selle, déclara Natalia sur un ton de défi.

Mais Richard comprit que son agressivité traduisait l'inquiétude qu'elle éprouvait pour son frère. Il l'enlaça.

— Ne vous inquiétez pas, ma chérie, dit-il doucement. S'il n'est pas rentré dans une demi-heure, j'irai à sa recherche.

— Comment t'y prendras-tu ? demanda Meta.

— Nous irons tous, répondit-il. Abbey, et tous ceux qui savent monter à cheval. De cette façon, nous inspecterons la majeure partie du domaine avant la nuit.

Natalia leva les yeux vers lui.

— Je savais que vous trouveriez quoi faire, dit-elle. Vous êtes si intelligent.

Richard lui sourit et, l'espace d'un instant, la magie qui était née entre eux reprit ses droits.

Comment le prince pouvait-il gâcher cela ? se demanda Meta.

Elle était très émue par l'amour qui venait d'éclore entre Richard et Natalia. Il semblait les protéger de la réalité. Il les isolait dans une sorte de petit paradis bien à eux.

Meta alla à la fenêtre, comme elle l'avait déjà fait des centaines de fois depuis la disparition du prince. Son regard se porta sur le jardin. Puis, sachant qu'il était peu probable qu'elle le voie de ce côté, elle sortit de la pièce sans un mot et se dirigea vers la porte principale.

Richard et Natalia s'étaient à peine aperçus de son départ et n'essayeraient certainement pas de la suivre.

« Cette sorte d'amour ne viendra jamais à moi », se dit-elle misérablement.

Debout devant la porte, elle examina le parc. Où était le prince ? S'était-il arrêté pour se reposer quelque part, ou n'avait-il fait que chevaucher pour oublier ses tourments ?

Une fois encore, ses questions restèrent sans réponse.

Puis, comme pour s'assurer qu'elle n'avait rien laissé au hasard, elle se dirigea vers les écuries. Abbey était rentré dans son pavillon, de l'autre côté du bâtiment des écuries. Deux de ses aides étaient assis, en train de faire rouler des billes devant eux. Ils bondirent sur leurs pieds en voyant Meta, comme s'ils se sentaient en faute de prendre du repos.

— Je suppose que vous attendez Son Altesse.

— Oui, Mademoiselle. On s'occupera de son cheval quand il rentrera.

— Je ne comprends pas ce qui lui est arrivé. J'espère qu'il n'a pas eu un accident.

— Impossible, Mademoiselle, dit l'autre garçon. Son Altesse monte trop bien pour ça. C'est pas comme nous.

L'autre garçon gloussa et Meta se rappela qu'il avait fait une mauvaise chute la semaine précédente, d'après ce qu'avait dit Abbey.

— Je suis d'accord avec vous, dit-elle. Son Altesse est un excellent cavalier. Je pense plutôt qu'il a pu se perdre, étant donné qu'il connaît mal la région.

— C'est facile de se perdre dans les bois, Mademoiselle, renchérit le garçon.

Lentement, Meta rentra à la maison. Elle monta les marches du perron, puis, une fois devant la porte, se retourna pour un dernier regard. Ce fut alors qu'elle le vit au loin, marchant à faible allure.

Son cœur fit un bond de joie dans sa poitrine. Il n'avait pas eu d'accident! Il était là, sur sa monture, toujours aussi beau et fier qu'un dieu de l'Olympe.

Alors elle sentit au plus profond d'elle-même qu'elle devait l'attendre. Elle patienterait jusqu'à ce qu'il vienne à elle et lui confie, même si cela semblait improbable, tout ce qui le tourmentait.

Elle rentra et demanda qu'on annonce au valet de Son Altesse le retour de son maître. Ainsi, un bain chaud serait préparé, ce dont le prince devait avoir grand besoin après une journée entière à cheval. Elle fit aussi en sorte qu'un rafraîchissement lui soit servi dès son arrivée.

Ceci fait, elle monta dans sa chambre en

remerciant intérieurement Dieu et son père d'avoir entendu sa prière. Le prince était sauf. Du moins des dangers d'une longue chevauchée. Mais il restait encore la raison initiale qui l'avait poussé à partir...

Sa chambre était vide et, avant de sonner sa femme de chambre, elle alla à la fenêtre. Le soleil se couchait dans un magnifique flamboiement écarlate. En un sens, ce glorieux coucher de soleil ressemblait à la musique que le prince avait composée et jouée pour elle. Une beauté qui l'atteignait droit au cœur...

Eprouvait-il toujours les mêmes sentiments pour elle ? Sa musique avait été comme une déclaration d'amour. Puis il avait affirmé qu'il ne la rejouerait plus, et il était devenu inaccessible. Elle n'avait plus pu lui parler ou simplement passer un moment en tête à tête avec lui.

Ce qu'elle souhaitait le plus au monde lui avait été refusé. Mais, même si elle avait du mal à se l'avouer clairement, elle connaissait la raison de l'attitude distante du prince à son égard.

Si le prince avait des sentiments pour elle et qu'il était en Angleterre pour tuer quelqu'un, comment pouvait-il l'impliquer dans un meurtre ?

Quand ce serait fait, si c'était jamais fait, que ressentirait-il ? Il s'emploierait sans aucun doute à ce qu'elle sorte de sa vie. Comment profiter simplement de la vie, en gens ordinaires, quand un si lourd passé pèse sur vos épaules ? Comment dormir, manger, rire encore quand le meurtre est entré dans votre existence ?

Il lui semblait qu'un immense fossé s'était creusé en l'espace de vingt-quatre heures. Tellement d'événements s'étaient produits qu'un siècle aurait bien pu s'être écoulé.

« Je l'aime, comme je n'aimerai jamais personne. Mais je l'ai perdu. »

Elle avait envie de hurler face à cette injustice. Mais elle savait que cela ne servirait à rien. Quand le prince était parti ce matin-là, il s'était non seulement éloigné de ses tourments, mais aussi d'elle. Et elle n'y pouvait rien.

7

Meta resta dans sa chambre. Elle n'avait pour l'instant aucune envie de parler à Natalia ou à Richard. Elle voulait seulement penser au prince.

Elle se demanda dans quel état était son cheval. Sûrement épuisé.

Les femmes de chambre préparèrent son bain. Elle s'y reposa longuement, puis se sécha et s'habilla. Une fois prête, elle s'assit à sa coiffeuse, craignant de descendre. Craignant ce qu'elle pourrait entendre.

Mais si le prince était parti sans lui dire au revoir... Cette idée était si terrible qu'elle bondit sur ses pieds et sortit précipitamment de sa chambre.

Dans le couloir, elle vit le valet du prince sortir de sa chambre, et elle comprit que ses craintes n'étaient pas fondées. Mais elle avait eu si peur qu'elle ne sentait presque plus ses jambes.

Finalement, elle se força à descendre lentement au salon. Natalia et Richard s'y trouvaient. Avant que Meta puisse parler, la porte s'ouvrit et le prince entra. D'un seul regard, elle comprit qu'il n'était pas d'une humeur aussi sombre que la veille. Il semblait plus calme et sûr de lui.

— Je m'excuse si vous vous êtes inquiétés pour moi, dit-il à Richard. Mais j'avais tant de choses à clarifier dans ma tête que je n'ai pas arrêté de chevaucher !

— Meta craignait que tu n'aies eu un accident, dit Natalia. Mais tu es là, sain et sauf, et nous avons une magnifique nouvelle à t'annoncer.

Le prince regarda tour à tour sa sœur et Richard.

— Puis-je savoir laquelle ?

— J'ai l'honneur de vous demander la main de votre sœur, Votre Altesse, dit Richard.

— Je vous l'accorde avec plaisir, répondit le prince sans hésiter une seule seconde. Je sais que vous veillerez sur elle et la protégerez.

— J'ai eu exactement la même réaction, déclara Meta.

Le prince se tourna vers elle pour la première fois depuis qu'il était entré.

— Ainsi donc vous vous inquiétiez pour moi ?

— Evidemment. Nous nous apprêtions à partir à votre recherche. Tout le monde s'y serait mis.

— Je vous ai au moins épargné ce dérangement.

Richard lui servit un verre de champagne.

— Vous en avez sûrement besoin, dit-il en le lui tendant. Et vous avez certainement faim.

— Je suis en effet affamé, mais je ne m'en étais pas rendu compte jusqu'ici, répondit le prince.

Il sirota tranquillement son champagne. Meta nota qu'il ne buvait plus d'un seul trait, à la mode russe. Que s'était-il passé pour que son comportement soit si différent ?

Le maître d'hôtel annonça le dîner et ils se rendirent dans la salle à manger. Ce fut un repas assez calme, seulement rythmé par la conversation du prince avec Richard. Natalia faisait mine d'écouter, mais ses yeux étaient amoureusement rivés sur Richard. De toute évidence, elle l'adorait et buvait ses paroles comme si elles provenaient tout droit du paradis céleste.

De son côté, Meta avait du mal à avaler la moindre bouchée. Elle était extrêmement soulagée que le prince soit revenu. Mais en même temps, elle sentait que sous cette apparente sérénité couvait le feu du danger.

Pourquoi le prince n'était-il plus tout à fait le même ? Pourquoi ne paraissait-il pas aussi bouleversé que la veille ? Encore des questions et pas de réponses...

Quand le dîner fut terminé et qu'ils s'apprêtèrent à passer au salon, le prince dit à Richard :

— Je voudrais parler à Meta. Seul à seule. Et ensuite je voudrais vous parler à tous les deux, vous et Natalia.

— Mais bien sûr, répliqua Richard, comme si c'était la chose la plus naturelle du monde. Nous vous attendrons au salon, à moins que vous ne préfériez en disposer avec Meta.

— Nous irons dans le salon de musique, dit le prince.

Il se leva et ils quittèrent tous la salle à manger. Les dames passèrent en premier. Alors que Natalia se dirigeait vers le salon, Meta s'engagea lentement dans le couloir. Le prince se joignit à elle. Allait-il lui prendre le bras ou peut-être la main ? se demanda-t-elle. Mais il la devança pour ouvrir la porte du salon de musique.

A sa surprise, les chandeliers avaient été allumés. Il avait dû en donner l'ordre à son valet.

Sans un mot, il traversa la pièce, et mit en place la chaise près du piano, là où elle s'était assise auparavant. Meta non plus ne disait rien. En s'asseyant en face de lui, elle songea qu'il paraissait calme et délivré de tout problème, et cela lui semblait incompréhensible.

S'il devait tuer un homme, comment pouvait-il être aussi tranquille ? Il n'avait pas pu communiquer avec qui que ce soit pendant sa chevauchée à travers le domaine. Il n'était donc toujours pas débarrassé de la terrible tâche qui lui incombait. Et il avait cependant l'air d'une sérénité à toute épreuve…

« Je n'arriverai jamais à comprendre ! »

Son instinct lui disait de ne pas poser de questions, mais de se contenter de faire ce que le prince lui demandait, même si cela lui paraissait étrange.

Très paisiblement, il fit courir ses doigts sur le clavier, et entama l'exquise musique qu'il avait déjà jouée pour elle.

Pourtant, il avait affirmé qu'il ne la jouerait plus.

Elle était aussi émue que la première fois. C'était comme s'il touchait son cœur et son âme. Et c'était de tout son cœur et de toute son âme qu'elle lui répondait, devenant une part de sa musique.

Son amour pour lui augmentait à chaque note. Un amour qu'elle ne pourrait jamais lui avouer mais qu'il s'employait à faire naître en elle. Elle avait l'impression qu'elle se jetterait dans ses bras s'il arrêtait de jouer. Car l'enclos de ses bras était le seul lieu auquel elle se sentait appartenir.

« Je vous aime, je vous aime », répétait-elle inlassablement au fond d'elle-même.

Elle savait qu'il était en train de lui parler de son amour et que, par la musique, il transcendait cet amour, le rendait parfait... sacré. Oui, cet amour qu'il lui communiquait avait quelque chose de divin.

Le morceau arriva à son terme, tout doucement. Jusqu'au silence. Puis, à sa surprise, il recommença et l'air qui avait été d'une certaine manière passionné et exigeant devint calme, serein et si profondément touchant qu'elle avait envie de pleurer de joie.

Il ne s'agissait plus de passion, c'était l'amour paisible, l'amour tendre, l'amour compréhensif. Les yeux de Meta s'emplirent de larmes, et le prince arrêta de jouer.

Tout en la regardant droit dans les yeux, il déclara doucement :

— Voilà comment je vous aime, ma chérie, et comment notre bonheur s'écoulera jusqu'à la fin de nos jours.

Il se leva pour venir la prendre dans ses bras. Tandis qu'il l'embrassait, les larmes de Meta, enfin libérées, roulèrent sur ses joues. Il l'embrassa à en perdre le souffle. L'instant était si merveilleux, si intense, qu'il en était presque douloureux.

« Je vous aime, je vous aime... », avait envie de dire Meta, mais c'était inutile.

Son corps tout entier devenait une part du sien. Leurs cœurs et leurs âmes étaient en train de se lier pour l'éternité et il leur serait à jamais impossible de les séparer.

Le prince leva la tête et, d'une voix profonde et vibrante d'émotion, il dit :

— Je vous adore. Je croyais que vous n'existiez pas, mais je vous ai trouvée. Maintenant vous êtes mienne, et je ne peux pas vous perdre.

— Je... vous aime, murmura Meta.

— Je vous aime, mon trésor, ma belle !

Il l'embrassa encore. Ce fut un long baiser, encore plus parfait que le premier.

— Maintenant, ma chérie, allons rejoindre Natalia et Richard. Nous devons les mettre au courant pour nous, et j'ai aussi des choses à vous dire à tous les trois, déclara-t-il quand leurs lèvres s'écartèrent.

Meta manqua brusquement d'air. Dans l'extase des baisers du prince, elle avait oublié le nuage noir suspendu au-dessus de lui et le meurtre...

Elle avait envie de hurler qu'il n'avait pas le droit de gâcher un aussi merveilleux moment. Mais il semblait déterminé, et elle ne voulait le contrarier d'aucune manière.

Il ferma le piano comme s'il renvoyait la musique qu'il venait de jouer pour elle. Puis, la prenant par les épaules, il se dirigea vers la porte.

— Je veux rester avec vous, murmura Meta.

— Moi aussi, mon trésor, mais j'ai d'abord quelque chose à faire.

Elle sentit qu'il était inutile d'argumenter davantage. Ils marchèrent lentement, en silence, jusqu'au salon.

Natalia et Richard étaient assis très près l'un de l'autre sur le sofa.

— Nous vous attendions, déclara Richard d'un ton léger. Et nous avons essayé de ne pas nous impatienter.

Le prince s'avança, fit asseoir Meta près de Natalia sur le sofa, et annonça à Richard et à Natalia ce qui se passait entre Meta et lui.

Richard vint s'installer dans un fauteuil en face

de lui, comme s'il le lui avait demandé implicitement.

— Maintenant j'ai une histoire à vous raconter, déclara le prince. Et je crains qu'elle ne soit plutôt sombre.

Meta entrecroisa les doigts, les serrant très fort pour se donner courage. Elle allait savoir la vérité. En retour, Richard dévoilerait-il au prince le rôle qu'ils avaient joué sur l'ordre du Premier ministre ?

— Après la mort de mes parents, commença le prince, j'ai pensé quitter la Russie. Mais Natalia poursuivait ses études à Saint-Pétersbourg et elle semblait assez heureuse de son rythme de vie.

— C'était vrai, murmura Natalia. Sauf que j'étais trop mûre par rapport aux autres élèves.

— J'avais compris cela, dit le prince. Mais juste à l'époque où j'envisageais de venir en Angleterre et de retrouver ma famille maternelle, un événement très déplaisant se produisit.

Il s'arrêta, comme s'il revivait ce moment et avait du mal à l'exprimer en mots.

— J'étais devenu, même si cela paraît inconcevable, une sorte de favori du tsar. Je crois que c'était dû à mes talents de cavalier, et aussi au fait que, contrairement à la plupart des gens de son entourage, je n'avais pas peur de lui.

— C'est un homme horrible, bestial, dit impulsivement Natalia. Tout le monde le détestait et il… terrifiait tout le monde, même les filles de mon école.

— Je ne voulais pas accorder foi à tout ce qu'on racontait à son sujet, poursuivit le prince. Puis j'ai appris qu'un de mes amis, qui avait eu le malheur de lui déplaire, allait être assassiné.

— Mais pourquoi ? demanda Richard.

— En fait, il ne semblait y avoir aucune raison valable, à part que le tsar ne l'aimait pas. Il ordonna à l'un des dirigeants de la Troisième Section, Ivor Shakovski, de veiller à ce qu'il soit victime d'un « regrettable accident ».

Meta frissonna.

— Ivor Shakovski n'aurait eu aucun mal à accomplir cette tâche, car c'est un sadique, continua le prince. J'étais certain qu'il torturerait mon ami et lui extorquerait des confessions qui donneraient a posteriori au tsar une excellente justification à sa décision.

— C'est affreux, dit Richard. Et vous n'aviez sûrement aucun recours contre cela.

— C'est ce que j'ai tout de suite pensé, répliqua le prince. Alors la nuit même, j'ai aidé mon ami à s'échapper de Russie. Ce n'était pas facile, mais nous y sommes parvenus. Une fois qu'il fut en sécurité de l'autre côté de la frontière, j'ai révélé au tsar ce que j'avais fait.

Natalia poussa un cri.

— Comment as-tu pu faire quelque chose d'aussi stupide ? Oh, Alexis, il aurait pu te faire tuer !

— Que s'est-il passé ensuite ? demanda Richard.

— A ma surprise, le tsar a éclaté de rire. Je crois que mon impertinence l'a amusé.

— Alors vous avez eu beaucoup de chance, remarqua Richard.

— J'en étais conscient. Mais, même lorsqu'il est amusé, on ne peut pas être certain que le tsar ne fera pas un mauvais coup.

— Qu'a-t-il fait ? demanda Richard.

— Il a traité Shakovski d'incompétent et

d'idiot. Il l'a destitué de ses fonctions, c'est-à-dire de la direction de la Troisième Section.

Il y eut un silence, durant lequel les trois auditeurs ne quittèrent pas le prince des yeux. Puis Richard dit lentement :

— Alors j'imagine que Shakovski était déterminé à se venger de vous.

— Naturellement, confirma le prince. Je compris qu'il ne me restait pas beaucoup de temps pour nous sortir de là, Natalia et moi. Nous nous sommes débrouillés pour quitter Saint-Pétersbourg deux heures après l'annonce de la chute de Shakovski.

— Vous saviez qu'il avait l'intention de vous tuer ? demanda Richard.

— Bien sûr. Si je ne l'avais pas su instinctivement, des douzaines de gens auraient pu me prévenir de ce qu'il comptait m'infliger dès qu'il m'aurait entre ses mains.

Meta poussa un petit cri.

— Oh, Alexis, je n'ai jamais rien entendu d'aussi terrifiant !

— Moi non plus, admit le prince. Mais nous avons réussi, avec l'aide de mes fidèles serviteurs et de deux amis qui ont risqué leur vie pour me sauver, à atteindre la mer. Nous avons trouvé un bateau qui nous a emmenés au Danemark, et de là nous nous sommes embarqués pour l'Angleterre.

— Nous pensions être en sécurité, dit Natalia.

— Je ne pouvais pas imaginer, et c'était très stupide de ma part, que Shakovski nous suivrait. Il devait, me disais-je, reconquérir le pouvoir qu'il venait de perdre et je pensais que cela occuperait tout son temps.

— J'aurais sûrement fait le même raisonnement, dit Richard. Et je comprends mieux maintenant pourquoi vous ne voulez pas séjourner à Londres.

— Le tsar y a un nombre important d'espions. Alors je me suis dit, plutôt stupidement, que je serais en sécurité à la campagne et bien sûr chez vous, Richard.

— Pourquoi moi ? demanda Richard.

— Parce que, mon cher ami, je sais que vous avez été impliqué dans certaines affaires d'espionnage... Et j'ai jugé plus prudent de séjourner chez vous plutôt que chez un Anglais ordinaire qui n'aurait pas su reconnaître un espion, même avec une étiquette sur le front.

— Ainsi vous êtes au courant, dit Richard, quelque peu décontenancé.

— Les services secrets russes se sont infiltrés à peu près partout en ce moment. Leurs effectifs ont triplé depuis l'arrivée d'Alexandre III au trône. Dès mon débarquement en Angleterre, un Russe m'a transmis votre nom et m'a assuré que je serais en sécurité à la campagne avec vous.

Meta avait du mal à croire ce qu'elle était en train d'entendre. Il avait été au courant de la mission dont était chargé Richard ! Une mission qu'ils avaient crue totalement, absolument secrète !

Elle ne put s'empêcher de demander :

— Mais que s'est-il passé hier soir ? Que vous a dit ce visiteur ? Pourquoi étiez-vous si bouleversé après sa venue ?

— Il m'a annoncé l'arrivée de Shakovski en Angleterre, répondit le prince d'une voix posée.

— Incroyable, murmura Richard.

— C'est malheureusement vrai, et il est déterminé à me détruire, à moins évidemment que je ne le détruise en premier.

Meta ferma les yeux. Elle remercia Dieu que le prince ne soit pas un assassin, comme elle l'avait tellement redouté. Il essayait juste de se protéger. Et l'homme qui le menaçait avait une telle réputation de sanguinaire qu'elle craignait maintenant qu'il ne réussisse.

— Que pouvez-vous faire ? demanda-t-elle, les mots sortant d'eux-mêmes de sa bouche.

— Je vous dirai quelle décision j'ai prise après mûre réflexion, répondit le prince.

— Quoi qu'il en soit, vous pouvez compter sur notre aide, dit Richard.

— Merci. Mais connaissant Shakovski et sachant qu'il est là, mes jours sont comptés.

Meta poussa un cri d'horreur. Mais le prince poursuivit :

— C'est pourquoi j'ai décidé d'aller en Amérique.

— En Amérique ! s'exclama Richard avec stupeur.

— C'est un très grand pays et, si je change d'identité, je doute que même Shakovski soit assez malin pour me retrouver.

— Je ne peux pas vous laisser partir, se plaignit Meta. Comment pourrais-je vous perdre ?

Elle se leva et vint près de lui, lui adressant un regard implorant.

— Ma chérie, croyez-vous vraiment que je vous laisserais maintenant ?

— Je peux venir avec vous ?

— Pas tout de suite. Je pars en premier, chercher un endroit où nous installer et être heureux. Très, très heureux, parce que nous serons ensemble.

— Mais j'aurai à tout moment peur pour vous, peur que ce monstre ne vous retrouve en Amérique et n'envoie quelqu'un vous... tuer.

— Il ne fera pas cela. Je sais comment son esprit fonctionne. Il est déterminé à assouvir personnellement sa vengeance.

Il regardait Richard tout en parlant. Ils savaient tous deux que s'il tombait entre les griffes de Shakovski, cela signifierait un enfer de tortures et, au bout, la mort la plus lente possible.

Le prince enlaça Meta et, la serrant fort contre lui, déclara :

— Chaque instant passé loin de vous, ma chérie, sera aussi horrible pour moi que pour vous. Mais je dois vous protéger et je dois donc trouver un endroit où je serai sûr de notre sécurité. Nous aurons des enfants et nous mènerons l'existence d'un couple ordinaire, en évitant d'attirer l'attention sur nous.

— Avez-vous un deuxième passeport ? demanda Richard, pensant déjà aux choses pratiques.

Le prince hocha la tête.

— Je l'ai fait faire la première fois que j'ai songé à quitter la Russie, au cas où les événements se précipiteraient. Il est au nom d'Andrew Clyde et, même si je n'ai qu'un léger accent, je suis de descendance écossaise.

Richard éclata de rire.

— Cela passera très bien en Amérique. Ils aiment les Ecossais là-bas !

— C'est bien ce que je pensais, dit le prince. J'allais vous demander de veiller pour moi sur Natalia, mais je crois que vous en aviez de toute façon l'intention.

— Je vous promets de la protéger.

— Mais moi aussi je veux vous protéger, dit Meta au prince. Je suis sûre que vous ne pouvez pas convenablement prendre soin de vous. Je veux être près de vous et peu m'importent les conditions de vie, tant que nous sommes ensemble.

L'expression du prince était très douce quand il porta son regard sur elle.

— Je veux avant tout votre sécurité, ma toute belle. Je partirai en premier. Dès que vous me rejoindrez, nous nous marierons et toutes ces histoires ne seront plus qu'un mauvais souvenir.

— Il me suffit d'être avec vous pour être heureuse, insista Meta.

Pour l'instant, tout ce qui avait un jour compté pour elle n'avait plus d'importance. La maison, les souvenirs de son enfance, et même Richard... Son être entier était concentré sur le prince. Elle voulait, comme s'il était un enfant, le préserver des souffrances, du malheur et de toutes les menaces de l'existence.

Il savait ce qu'elle était en train de penser. La prenant doucement par le menton, il tourna son visage vers lui.

— Vous êtes une personne très particulière et merveilleuse, dit-il. Et, comme je vous l'ai dit au travers de ma musique, je vous ai cherchée toute ma vie sans arriver à croire que vous existiez.

— Maintenant que vous m'avez trouvée, vous vous en allez, se plaignit-elle.

— Juste pour un petit moment. Je pense, même si cela est improbable, que Shakovski fait peut-être surveiller les départs de bateaux. Si un homme répondant à ma description, accompagné d'une jeune femme, embarque pour l'Amérique, il pourrait penser qu'il s'agit de Natalia et se retrouver de nouveau sur mes traces.

— C'est effrayant... trop effrayant, souffla Natalia. Oh, Richard, comment pouvons-nous l'aider ?

Sa voix se brisa et elle posa la tête contre l'épaule de Richard.

— Nous devrons nous en remettre à Dieu, répondit-il calmement. Et je suis sûr qu'Il est d'ores et déjà de notre côté, ma chérie. Autrement votre frère n'aurait pas été prévenu de l'arrivée de Shakovski si rapidement et il n'aurait pas eu une seule chance de s'en sortir.

— Nous avons été si heureux ici avec vous, dit Natalia d'une voix brisée.

— Vous savez qu'il en est de même pour nous, répondit Richard.

Meta songeait qu'il y avait au moins une chose de positive au milieu de tout ce malheur : le prince n'aurait à tuer personne.

Et de toute façon, si un homme comme Shakovski mourait, ce ne serait que justice. Ce monstre était détesté par la majorité des Russes.

Elle avait toujours su combien la Troisième Section était redoutée. Son père et Richard ne lui avaient bien sûr pas parlé des nombreuses atrocités que ses membres commettaient pour assurer leur pouvoir. Mais elle avait pu se renseigner dans les livres et les articles de journaux européens qu'ils ramenaient de leurs voyages.

Et elle était parfaitement consciente que la réalité était encore bien pire que ce que décrivaient ces ouvrages. Les tortures pratiquées sur les prisonniers étaient inhumaines. Et ces horreurs n'avaient fait que croître durant le règne d'Alexandre III.

Elles avaient même cours dans les Balkans, où des personnages comme Shakovski outrepassaient les ordres, trop heureux d'exercer leur sadisme sur des victimes sans défense.

De son côté, Richard savait que si Shakovski capturait le prince, il n'aurait pas le moindre scrupule à torturer aussi Natalia. Pas plus qu'il n'hésiterait à réserver le même sort à tous ceux qui l'avaient aidé.

Il jugeait inutile de préciser cette grave menace en présence des deux jeunes femmes, mais quand il croisa le regard du prince, il comprit que celui-ci pensait exactement à la même chose que lui.

— Quand comptez-vous partir ? demanda-t-il.

— Demain matin. Boris m'accompagnera et je dirai à Serge et Feodor de rester avec vous. Si Shakovski approche de cette maison, ils s'en rendront compte et le neutraliseront.

— Je vous remercie pour cette protection, répliqua Richard. Et Natalia et moi nous marierons aussi vite que possible.

Ils savaient tout deux que si Natalia était l'épouse d'un Anglais, les choses seraient beaucoup plus difficiles pour Shakovski.

Comme si le prince avait posé la question, Richard dit :

— Elle pourra à l'avenir utiliser mon titre et non plus le sien.

Le prince sourit.

— Je rends grâce à Dieu de vous avoir rencontré, Richard. Dans une situation comme la mienne, il est extraordinaire de pouvoir compter sur quelqu'un connaissant toutes les ficelles.

Pour sa part, Richard trouvait extraordinaire sa propre naïveté dans toute cette affaire. Il aurait pu mettre sa main à couper que le prince et sa sœur n'avaient aucune idée de sa mission. Et pourtant, ils avaient été au courant avant même de venir au manoir !

Songeant ensuite que le prince souhaitait certainement rester un peu seul avec Meta, il se leva.

— J'admire votre courage, Alexis, déclara-t-il en lui tendant la main. Permettez-moi de vous accueillir dans notre famille et de vous dire à quel point je suis fier de devenir parent d'un homme capable de braver le pouvoir du tsar.

Le prince sourit d'un air un peu embarrassé.

— Je ne peux que m'excuser des problèmes que cela vous causera. Mais je suis en même temps très heureux que cela m'ait permis de rencontrer Meta. Nous étions destinés l'un à l'autre.

Natalia embrassa son frère, et suivit Richard.

Quand ils furent seuls, le prince prit Meta dans ses bras.

— Je vous aime, ma chérie. Partir est un tourment, mais je dois vous protéger par tous les moyens dont je dispose.

— Je veux être avec vous. Je vous en prie, ne me laissez pas attendre trop longtemps.

— Croyez-vous que j'ai envie d'attendre ? Je vous veux près de moi, ma chérie, jour et nuit. Je jure que nous ne serons pas séparés une minute de plus que nécessaire.

— Chaque minute durera un siècle...

Le prince l'embrassa, étouffant ses plaintes sous la fougue de son amour.

Une heure plus tard, il l'accompagna jusqu'à sa chambre et la poussa à aller se coucher.

— Nous partons très tôt demain. Je veux attraper un train à Londres pour Liverpool.

— Et de là, vous prendrez un bateau pour l'Amérique...

— Le plus vite je quitterai ce pays, le mieux ce sera, la raisonna-t-il.

Meta frémit. Elle pouvait presque sentir la présence menaçante de Shakovski qui se rapprochait dangereusement d'eux, comme un amas de nuages noirs avant l'orage.

— J'ai une idée, dit-elle. Je vous accompagnerai à Londres. Je préfère être avec vous dans ce train de campagne. Il sera sûrement moins sûr que celui que vous prendrez ensuite.

Le prince sourit.

— Vous me protégez encore ?

— Je le ferai toujours.

— Je n'aurais jamais cru souhaiter un jour la protection d'une femme. Mais je veux votre protection, ma chérie, tout comme je voulais celle de ma mère quand j'étais enfant. Et je sais que vous veillerez de la même manière sur notre enfant, quand nous en aurons un.

— Je veux avoir de nombreux fils. Je veux qu'ils vous ressemblent... Qu'ils soient très beaux et montent à cheval aussi bien que vous.

Le prince éclata de rire. Puis il l'embrassa.

— Allez vous coucher, maintenant. Je vais dire à Boris de vous réveiller à temps pour nous rendre à la gare.

Il l'embrassa encore avant de regagner sa propre chambre.

Meta entra dans la sienne. Elle avait l'impression que le ciel s'était ouvert devant un paradis inespéré. Mais en même temps, le départ du prince la mettait à l'agonie.

Elle savait qu'il avait raison de partir et que Richard l'approuvait. Mais cela ne l'empêchait pas de souffrir… et de ne pas arriver à trouver le sommeil.

Allongée sur son lit, les yeux grands ouverts, elle pensa toute la nuit à la musique que le prince avait composée pour elle, aux émotions qu'il avait éveillées en elle et à l'extase dans laquelle ses baisers l'avaient plongée.

Quand Boris frappa à sa porte au matin, elle était déjà presque prête. Et le prince la trouva dans la salle à manger quand il descendit prendre son petit déjeuner. Feodor et Serge l'accompagnaient. Elle savait qu'ils étaient au courant de la situation et étaient déterminés à tout pour assurer la protection de leur maître.

Abbey les conduisit à la gare, Boris installé à côté de lui. Feodor et Serge suivraient dans la voiture transportant les bagages.

Une fois arrivés, Meta et le prince montèrent dans le petit train de campagne qui, à cette heure-là, était quasiment vide. Les trois Russes voyagèrent dans le compartiment jouxtant le leur.

— On ne peut pas dire que je manquerai d'escorte pour rentrer, tenta de plaisanter Meta.

— J'emmène Boris avec moi, mais Feodor et Serge veilleront sur vous jusqu'à votre arrivée en Amérique.

— Vous pensez à tout.

— Je pense à vous, rectifia le prince. Je ne veux que votre bonheur, mon trésor, et vous donner autant de confort qu'il m'est possible.

Meta le regarda, un peu inquiète.

— Aurez-vous suffisamment d'argent en Amérique ?

— Mon père a heureusement beaucoup investi dans le pétrole. Cela rapporte énormément d'argent, alors on peut dire que je suis un homme riche.

— Cela me ravit. Non pas parce que nous aurons une belle maison et des biens matériels, mais simplement parce que l'argent est nécessaire à quelqu'un comme vous.

Elle pensait aux chevaux et à tous les plaisirs qu'il aimait.

— Nous en aurons toujours assez pour vous rendre plus belle que vous ne l'êtes déjà, assura-t-il. Comment peut-on être aussi ravissante? murmura-t-il avant de l'embrasser.

Le train mit très peu de temps à atteindre Londres. Il y avait ensuite une heure d'attente pour l'express allant à Liverpool.

Le prince avait une quantité importante de bagages. Le porteur, suivant les instructions de Boris, les empila sur un chariot qu'il emmena ensuite sur leur quai de départ, devant la salle d'attente.

— Votre maître sera à l'aise ici et on gardera un œil sur ses bagages.

Boris le remercia puis longea le quai pour rejoindre Feodor et Serge.

Meta avait entendu le prince leur conseiller la plus grande discrétion. Ce n'était que pure logique: mieux valait ne pas attirer l'attention. Quatre grands et beaux Russes ne se rencontraient pas souvent à cette heure-ci dans une gare anglaise.

La salle d'attente, dont les fenêtres donnaient sur les quais, était vide. Le prince ferma soigneusement la porte, espérant que personne d'autre ne viendrait.

Le moment des adieux était maintenant proche,

et Meta redoutait l'imminence de ce qu'elle envisageait comme la pire des tortures.

— Je ne peux pas supporter que vous partiez ainsi, dit-elle. Je sais qu'il le faut. Je sais comme il serait horrible d'attendre jour après jour que ce monstre se manifeste. Mais je serai perdue sans vous et j'ai horriblement peur de ne plus jamais vous revoir.

Le prince la fit s'asseoir sur la banquette de cuir et s'installa à côté d'elle. Il prit sa main dans la sienne.

— Je sais exactement ce que vous éprouvez, mon trésor, car j'éprouve la même chose. Mais Dieu nous a guidés et nous a protégés, Natalia et moi, depuis notre départ de Russie. Il ne m'abandonnera pas, maintenant que je vous ai trouvée.

— J'ai prié hier soir pour qu'il veille sur vous, murmura Meta.

— Et moi j'ai prié pour que notre séparation ne soit pas longue. Je vous aime, ma chérie. Je vous aime comme je n'ai jamais aimé personne.

Il prit une profonde inspiration avant de continuer :

— Vous êtes la perfection faite femme. Et, parce que je sais qu'aucun homme ne vous a touchée ou embrassée avant moi, je me rends compte de mon incommensurable chance.

— J'ai toujours rêvé d'aimer quelqu'un comme vous, répondit Meta. Quand vous m'embrassez, j'ai l'impression de m'envoler vers le ciel et d'entendre les anges chanter.

Le prince l'enlaça et la regarda dans les yeux, mais il ne l'embrassa pas.

— Comment pouvez-vous être si parfaite ? Et si intelligente... avec un si petit cerveau ? ajouta-t-il d'un ton taquin.

— Je ne comprends pas...

Puis elle se souvint qu'elle avait fait son possible pour paraître écervelée et dénuée d'éducation.

Le prince sourit.

— Je savais que Richard et vous jouiez un rôle. Vous êtes de bons comédiens, mais pas assez bons pour me berner.

— Je n'ai pas pensé une seconde que vous vous méfiiez de nous, même si on nous avait conseillé de nous méfier de vous.

Il éclata de rire.

— Nous avons là tous les ingrédients d'un drame russe.

Meta ne se joignit pas à son rire. Elle resta silencieuse un moment, puis déclara gravement :

— Je pense que nous ne devons plus avoir de secrets l'un pour l'autre. Il faut que je vous avoue que je parle le russe.

Le prince rit de nouveau.

— Je suppose que je devrais être surpris. Mais j'ai plutôt été surpris quand Richard a nié parler le russe, parce que j'étais persuadé du contraire.

— Pourquoi en étiez-vous si persuadé ?

— Il avait trop parcouru de pays dont il admettait connaître la langue... Et il avait été en Russie, comme votre père. J'étais sûre que le russe n'était pas, comme par hasard, la seule langue manquant à son vocabulaire.

Cette fois, Meta se mit à rire.

— Vous êtes trop malin. Je ne pourrai jamais vous tromper bien longtemps.

— Vous ne me tromperez jamais. Vous êtes à moi, Meta. Je veux que tout ce qui vous appartient m'appartienne aussi. Votre esprit, vos centres d'intérêt, et bien sûr vos sentiments.

— Oh, chéri, chéri, je vous en prie, soyez très prudent, ne prenez aucun risque! Nous devons tous deux redoubler de prières pour que Shakovski ne vous trouve pas.

Sa voix tremblait, et elle cacha son visage contre son épaule.

— Tout ira bien, ma chérie. Ne vous torturez pas inutilement. Je vous jure que je serai très prudent et que je ne rêverai que du moment où nous serons enfin réunis.

Au prix d'un effort presque surhumain, Meta refoula ses larmes. Soudain, le ronflement d'un train s'éleva au-dehors, et elle quitta les bras du prince pour aller regarder par la fenêtre.

Mais de l'autre côté du quai, un train venait juste d'entrer en gare. Elle se rendit compte qu'elle était à nouveau dans les bras du prince.

— Boris viendra nous prévenir quand le train arrivera...

Tout en parlant, il regardait ses bagages, non loin de là, empilés sur le chariot. Chaque valise était étiquetée au nom d'Andrew Clyde.

Ce fut à ce moment-là que Meta le sentit se raidir. Elle suivit la direction de son regard. Un homme était en train d'inspecter ses bagages. De dos, il n'était pas grand, mais avait l'air très costaud. Sans voir son visage, elle évalua qu'il était d'âge mûr.

— Dieu du Ciel! Ce n'est pas vrai! Cela ne peut pas être vrai! dit le prince d'une voix étranglée.

— Qu'y a-t-il? demanda Meta en levant les yeux vers lui.

Elle vit alors dans son regard qu'il s'agissait de Shakovski.

Maintenant, l'homme observait l'une des étiquettes, comme si le nom inscrit dessus l'intriguait.

Le prince porta la main à son front, se demandant manifestement quoi faire. Meta trouva brusquement la réponse.

— Restez ici, murmura-t-elle. Et ne me suivez sous aucun prétexte.

Elle se dirigea rapidement vers la porte.

Comprenant ce qu'elle avait l'intention de faire, le prince tenta de l'arrêter. Mais il était trop tard : elle était sortie et avait refermé la porte derrière elle.

Elle alla droit aux bagages. Tout en marchant, elle ouvrit son sac à main et sortit de sa petite boîte la pièce que lui avait donnée Richard. La tenant dans sa main droite, elle se dirigea vers Shakovski.

— S'il vous plaît, monsieur, pourriez-vous me donner l'heure ? demanda-t-elle d'une voix de jeune fille timide.

Quand il se tourna vers elle, elle se dit qu'il avait vraiment l'air diabolique et cruel. Elle n'avait jamais vu un homme dont le visage reflétait si fidèlement l'âme. Elle pouvait presque voir dans ses yeux combien il prenait de plaisir à humilier et à torturer ses victimes.

Consciente que sa beauté ne lui était pas indifférente, elle réussit à lui adresser le plus suppliant des regards charmeurs.

— L'heure ? répéta-t-il avec un accent prononcé.

Il sortit une montre en or de sa poche et la consulta.

— Neuf heures moins le quart, dit-il.

— Merci, monsieur. Merci beaucoup.

Puis, juste au moment de se retourner pour s'éloigner, elle fit tomber son sac.

— Oh mon Dieu ! s'exclama-t-elle. Quelle maladroite je suis !

Shakovski se pencha automatiquement pour le ramasser.

— Ne bougez pas ! s'écria Meta. Vous avez une guêpe sur le cou.

Avec la vitesse de l'éclair, elle plaça la pièce sur le cou de Shakovski et pressa le petit renflement.

Quand il se redressa, tenant son sac à la main, elle cacha l'objet dans le creux de sa main.

— Merci. Merci beaucoup.

— Je crois que cet insecte m'a piqué, dit Shakovski.

— J'espère que ce ne sera pas grand-chose.

Meta s'éloignait déjà tout en parlant. Sans se retourner, elle se dirigea vers la salle d'attente.

Toujours debout devant la fenêtre, le prince l'attendait, bouillant manifestement de rage.

— Qu'avez-vous fait ? Pourquoi êtes-vous allée lui parler ?

Meta ferma la porte derrière elle. Sans répondre au prince, elle le rejoignit à la fenêtre. Mais elle prit garde à ce qu'on ne puisse pas la voir de l'extérieur.

Shakovski, se tenant encore à l'endroit où elle l'avait laissé, se frottait le cou. Puis il se détourna pour s'éloigner du chariot de bagages.

Meta craignit d'avoir échoué. Richard s'était leurré. Ce poison n'avait aucune efficacité...

Mais, au bout de quelques pas, Shakovski s'effondra brusquement sur le quai. Comme il pesait lourd, cela fit un bruit qui alerta plusieurs personnes.

Comprenant ce qui venait d'arriver, le prince écarta Meta de la fenêtre.

— Qu'avez-vous fait? demanda-t-il. Que lui avez-vous fait?

Meta ouvrit simplement la main et lui montra le petit objet au creux de sa paume.

— Qui vous a donné cela? Richard?

Meta hocha la tête.

Pendant un moment, aucun mot ne parvint à sortir de sa bouche. Puis elle se tourna vers le prince et enfouit son visage contre son épaule.

— Je l'ai tué, murmura-t-elle.

— Pour me sauver.

Il la souleva dans ses bras et l'emporta vers la banquette en cuir. Il la tenait très fort contre lui, comme on berce une enfant. Il l'allongea doucement et lui enleva son chapeau.

— C'est fini, mon trésor, souffla-t-il. Il ne faut pas vous sentir coupable. Vous venez de libérer le monde du diable en personne.

— J'avais tellement peur pour vous, murmura-t-elle.

— Je ne vous serai jamais assez reconnaissant de ce que vous venez de faire par amour pour moi, ma chérie.

Il la sentit trembler et resserra ses bras autour d'elle.

— Je n'ai plus de raison d'aller en Amérique, reprit-il. Vous en rendez-vous compte?

— Vous ne partez plus? demanda-t-elle lentement, comme si elle avait du mal à le croire.

— Autant que je sache, je n'ai pas d'autres ennemis, dit-il. Et je suis certain que Shakovski avait décidé de me poursuivre seul, pour s'attribuer l'entière gloire de ma disparition.

— Je ne peux pas le croire...

Elle était sous le choc, au bord des larmes.

Il l'embrassa doucement.

— Je vais vous laisser seule juste une minute, ma douce. Le temps de voir ce qui se passe dehors.

Il s'écarta d'elle. Depuis la fenêtre, il vit que le corps de Shakovski était maintenant entouré par des porteurs et quelques voyageurs.

Quelqu'un tentait de lui porter les premiers secours, mais le prince savait que c'était absolument inutile.

Puis un Russe apparut. Manifestement, c'était le valet de Shakovski. Les porteurs lui parlèrent. Ils lui conseillaient sûrement d'emporter le corps de son maître. Ils n'avaient pas réussi à le réanimer.

Les voyageurs s'écartèrent. Le prince put alors voir quelqu'un tâter le pouls de Shakovski. Un autre lui demanda si le cœur battait encore, et le premier secoua négativement la tête.

Ensuite, avec quelques difficultés parce Shakovski était un homme bien charpenté, les porteurs soulevèrent le corps. Devancés par le serviteur russe, ils se dirigèrent vers la sortie. Le prince les suivit des yeux jusqu'à ce qu'ils disparaissent hors de la gare.

Il était libre maintenant.

Il rejoignit Meta, s'assit à côté d'elle et la reprit dans ses bras.

— C'est fini, ma chérie. Vous m'avez sauvé et nous pouvons rentrer à la maison.

— La maison ! murmura la jeune fille, comme si elle nageait en plein rêve.

— Nous pouvons nous marier. Puis nous devrons bien sûr trouver une résidence où nous installer et fonder notre famille.

Sa voix était aussi légère qu'un chant de joie.

— Est-ce réel ? Vraiment réel ?

— Vous le savez bien, mon trésor. Richard et Natalia ne voudront pas de nous, alors nous avons du travail sur la planche. Nous avons tellement de choses à faire qu'il n'est plus de mise de rester là à nous morfondre sur le passé. D'autant que ce passé est définitivement révolu.

Meta eut un petit rire.

— Oh, mon chéri, mon merveilleux Alexis, nos prières ont été entendues et exaucées.

— Oui. Nous avons gagné et nous remercierons Dieu de nous avoir donné cette magnifique vie que nous allons vivre ensemble.

Il la fit se lever et lui remit son chapeau. Puis il lui donna un doux baiser avant de l'entraîner vers la porte.

A l'instant où ils l'atteignaient, elle s'ouvrit et Boris apparut.

— Le train entre en gare, Votre Altesse, annonça-t-il.

— Trop tard, Boris, dit le prince. Nous rentrons à la maison. Renseignez-vous sur l'horaire du prochain train pour Leicester.

Boris était manifestement au courant du dernier rebondissement.

— C'est une bonne nouvelle, Votre Altesse, déclara-t-il simplement avec un sourire.

— Une très bonne nouvelle, répondit le prince.

Barbara Cartland

Barbara Cartland, la dame en rose, est aujourd'hui la reine incontestée du roman sentimental. Auteur de plus de 600 ouvrages lus dans le monde entier, elle a vendu 30 millions d'exemplaires aux éditions J'ai lu qui vous présentent ici une sélection de ses meilleurs titres.

Les deux cousines
Nº 1384 Cat.3
L'étoile filante
Nº 1521 Cat.1
Le marquis et la gouvernante
Nº 1682 Cat.1
Le chemin de l'amour
Nº 2318 Cat.2
Le château du bonheur
Nº 2515 Cat.2
Le prince russe
Nº 2589 Cat.2
La sirène de Monte-Carlo
Nº 2648 Cat.2
La course à l'amour
Nº 2903 Cat.2
Sous le soleil de Grèce
Nº 3775 Cat.2
Les sortilèges du cœur
Nº 3809 Cat.2
Pour l'amour d'un chevalier
Nº 3841 Cat.2
Trahison !
Nº 3884 Cat.2
La beauté trahie
Nº 3986 Cat.2
Un baiser dans le désert
Nº 3997 Cat.2
Un cœur hanté
Nº 4009 Cat.2
L'éternité de l'amour
Nº 4017 Cat.2
Sous le ciel de Bahreïn
Nº 4071 Cat.2
Passeport pour le bonheur
Nº 4315 Cat.2
Innocente imposture
Nº 4316 Cat.2
Une infinie patience
Nº 4336 Cat.2
Cœurs rebelles
Nº 4368 Cat.2
Un mariage dangereux
Nº 4369 Cat.2
Tous les parfums des Indes
Nº 4394 Cat.2
Ravissante Cléopâtre
Nº 4395 Cat.2
Fuite vers l'amour
Nº 4419 Cat.2
Un si gros mensonge
Nº 4420 Cat.2
Un mariage de raison
Nº 4446 Cat.2
Cœurs à l'unisson
Nº 4447 Cat.2
L'incomparable Irina
Nº 4473 Cat.2
Héritage écossais
Nº 4474 Cat.2
Une punition royale
Nº 4501 Cat.2
Le secret de la princesse
Nº 4502 Cat.2
Princesse fugitive
Nº 4545 Cat.2
La petite brodeuse
Nº 4546 Cat.2
Trois jours pour aimer
Nº 4559 Cat.2
Quand vient l'amour
Nº 4581 Cat.2
Une blonde inconnue
Nº 4582 Cat.2
Rendez-vous à Calcutta
Nº 4603 Cat.2
Un voyage enchanteur
Nº 4604 Cat.2
Beau comme Apollon
Nº 4632 Cat.2
L'inconnu du petit bois
Nº 4633 Cat.2
Idylle en Ecosse
Nº 4666 Cat.2
Un amour en danger, *suivi de :* La princesse oubliée
Nº 4693 Cat.3
Un amour sans fortune, *suivi de :* Les illusions du cœur
Nº 4694 Cat.3
Echange de cœurs
Nº 4717 Cat.2
Lune de miel au Népal
Nº 4718 Cat.2
Le domaine de l'amour
Nº 4762 Cat.2
Passions orientales
Nº 4763 Cat.2
Un mariage sans amour
Nº 4779 Cat.2 (Mars 98)
L'amour ou la fortune
Nº 4780 Cat.2 (Mars 98)
La guerre des cœurs
Nº 4813 Cat.2 (Avril 98)
Complot amoureux
Nº 4814 Cat.2 (Avril 98)
L'ange et le marquis
Nº 4846 Cat.2 (Mai 98)
Le lac de l'amour
Nº 4847 Cat.2 (Mai 98)
Symphonie berlinoise
Nº 4877 Cat.2 (Juin 98)
Fiançailles impromptues
Nº 4878 Cat.2 (Juin 98)

4762

Composition Interligne B-Liège
Achevé d'imprimer en Europe (Angleterre)
par Cox and Wyman à Reading
le 15 janvier 1998.
Dépôt légal janvier 1998. ISBN 2-290-04762-7
Éditions J'ai lu
84, rue de Grenelle, 75007 Paris
Diffusion France et étranger : Flammarion